Junge Menschen wollen leben, lieben, ein bisschen verrückt sein. Das galt zu allen Zeiten, das gilt auch heute.

Dieses Buch erzählt von solchen jungen Menschen. Von den beiden norddeutschen Dorfkindern Janne und Jehann, die viele Widerstände überwinden müssen, um in eine gemeinsame Zukunft zu starten. Auch von Joran und Jan, von so vielen, die nichts anderes wollen als ein glückliches Morgen.

Sie ahnen nicht, dass am Horizont dunkle Wolken heraufziehen, die ihnen alles nehmen können. Denn die Großmächte Europas rüsten sich zu einem alles vernichtenden Krieg. Sie entzünden einen Weltenbrand, dem Millionen zum Opfer fallen werden …

Carsten Dethlefs

An der Schwelle zur

Ewigkeit

© 2017 Carsten Dethlefs
Satz und Gestaltung: Ralf Zahn
Lektorat, Korrektorat, Ralf Zahn
Lektorat: Susanne Junge
Umschlagfoto: Pixabay
Verlag: tradition GmbH, Hamburg
ISBN 978-3-7439-2728-5 (Paperback)
978-3-7439-2730-8 (e-Book)
Printed in Germany

Was geschehen ist, ist geschehen
Was gedacht ist, ist gedacht
Was getan ist, ist getan,
Was gesagt ist, ist gesagt

Inhaltsverzeichnis

Prolog – Das Zimmer...9

Teil I – Liebe und Tod.....................................14

Kapitel 1 – Der Hof...14

Kapitel 2 – Verhängnisvolle Lust...................30

Kapitel 3 – Das Mädchen...............................55

Kapitel 4 – Leben und Tod............................57

Teil II – Die steigende Flut...........................127

Teil III – Das Unheil.....................................166

Teil IV – Das Unheil nimmt seinen Lauf........183

Epilog...219

Nachwort...227

Prolog – Das Zimmer

Da geht er wieder. Schlurft langsam über die knarrenden Bretter des alten Dielenbodens. Langsam, ganz langsam. Es klingt, als schaukelte er beim Gehen hin- und her: quirtsch, tock; quirtsch, tock …

Ganz langsam, als hätte er schwere Stiefel an, und als müsse er jeden weiteren Schritt seinen schwindenden Kräften abringen.

Er kommt näher. Gleich berührt er die Tür, die Tür zum Zimmer. Jene Tür, die jetzt schon seit drei Tagen verschlossen ist. Es ist dunkel, draußen tobt ein Herbststurm, der Regen peitscht mit unnach- giebiger Wucht gegen die maroden Fenster, die nur notdürftig von hölzernen Läden bedeckt sind. Schatten tanzen an der Wand. Schatten, die zwar lächelnde, aber hohläugige Gesichter zeichnen.

Da geht er wieder, entfernt sich nochmal von der Tür. Die Schritte werden leiser, hallen jetzt von weiter her. Aber das scheint nur so. Da ist er plötzlich wieder, jetzt ganz nah. Er scheut sich, die Türklinke herunterzudrücken.

War das ein Donnerschlag?

Allein, ganz allein hier im Bett des alten Bauernhauses. Allein in dem Zimmer, in dem früher auch er geschlafen hat. Die Luft der Schlafkammer ist mit dem Geruch des Inhalts des Nachttopfes geschwängert, der halb unter das Bett geschoben ist. Es ist kalt im Zimmer, deshalb scheint trotz des Gestankes noch genügend Sauerstoff für flache, röchelnde Atemzüge zu verbleiben.

Sie ist jetzt 98 Jahre alt und trägt die Tiefe eines Jahrhunderts in sich. Ihre Lungen haben bereits die gleiche Luft geatmet wie der letzte deutsche Kaiser und auch die gleiche wie jene Tyrannen, die an der Macht waren, als es in dem Dorf noch nicht einmal Elektrizität gab.

Auch heute erhellt nur der Schein einer kleinen Lampe das ansonsten dunkle Zimmer. Quirtsch, tock; quirtsch, tock …

Ein Käuzchen ruft durch den Sturm. Quirtsch, tock. Ist das eine Hand auf ihrem Arm? Nein, da ist niemand. Quirtsch, tock; quirtsch, tock …

Ob er ihr wohl wieder wehtun wird? So wie damals vor fast einem Jahrhundert. Quirtsch, tock; quirtsch, tock …

Dieses Bauernhaus war damals noch mit einer Feuerstelle statt eines Elektroherdes ausgestattet. Heute steht sogar eine Mikrowelle in der Küche. Diese wurde seit einem Jahr nicht mehr benutzt.

Das rote Kreuz brachte ihr das Essen, jeden Tag. Aber jetzt schon seit drei Tagen nicht mehr. Sie machte einfach die Tür nicht mehr auf, meldete sich sogar noch in der Zentrale ab.

Trotz vereinzelter Neuanschaffungen ist die Welt in diesem Zimmer noch die alte – die gleiche wie vor fast einhundert Jahren. Es hängen Schwarz-Weiß-Fotografien an den Wänden. Sie zeigen auch ihn, ihren Vater. Als er heiratete, als er sie bei der Taufe auf dem Arm trug. Quirtsch, tock; quirtsch, tock. Er wollte sie nie haben, wollte sie loswerden. Quirtsch, tock; quirtsch, tock. Was hat er jetzt vor? Quirtsch, tock; quirtsch, tock ...

Die Decke des niedrigen Raumes ist durchzogen mit Balken aus Eichenholz, schwer und dunkel. Im Zwischenboden, in welchem früher Getreide gelagert wurde, rascheln die Mäuse. Sie finden wohl immer noch Getreidereste.

Sie schaut, das Gesicht zur Decke gewandt, auf die alten Balken. Quirtsch, tock; quirtsch, tock ...

Eine Katze schreit durch den heulenden Sturm hindurch. Oder war es ein Kind? Sie liegt dort, schaut nach oben, sieht eine Spinne stoisch ihr neues Netz weben. Quirtsch, tock; quirtsch, tock ...

Das Wasser rinnt von den Wänden, das Wasser, sie ertrinkt. Quirtsch, tock; quirtsch, tock ...

Das Bett droht zu kippen. Quirtsch, tock; quirtsch, tock ...

Ihr ist schwindelig. Quirtsch, tock; quirtsch, tock ...

Die Finsternis verdichtet sich, erdrückt sie nahezu. Quirtsch, tock; quirtsch, tock ...

Ruft da jemand ihren Namen? Quirtsch, tock; quirtsch, tock ...

Die Finsternis raubt ihr den Atem. Quirtsch, tock; quirtsch, tock ...

Das Röcheln wird zum Rasseln. Quirtsch, tock; quirtsch, tock ...

Ihre Glieder werden schwer, sie wird erdrückt. Quirtsch, tock, quirtsch, tock ...

Und das Wasser! Das Wasser kommt! Unaufhaltsam wie die Flut der Nordsee. Quirtsch, tock; quirtsch, tock ...

Stimmen, Laute. Schreie? Einige sind ihr vertraut, andere fremd. Was sagen diese Stimmen? Sie versteht nichts. Welche Sprache sprechen sie denn?

Da klärt sich langsam ihre Sicht, alles ist voller Licht, voller Wärme. Die Zimmerdecke wird durchscheinend, blasser, weniger und weniger und gibt den Blick frei auf eine grüne Wiese. Der Sturm verebbt, jetzt zwitschern Vögel ein frohes Lied. Die Schritte auf dem alten Dielenboden werden leiser.

Quirtsch, tock; quirtsch, tock. Ein Rauschen ist da. Ein Rauschen, das lauter wird und immer lauter. Es dröhnt geradezu in ihren Ohren. Sie hält es nicht mehr aus. Sie will sich die Ohren zuhalten, aber sie schafft es nicht. Zu schwach ist sie, zu kraftlos ihre Arme. Es ist so laut, dass sie ihre eigenen Gedanken nicht mehr versteht. Dieses Licht, es kommt näher. Näher und näher, bis es sie verschlingt.

Dann ist es auf einmal still. Still wie auf dem Meeresgrund. Still wie das ewige Nichts. Doch langsam nimmt sie den Duft wahr, den Duft von frisch geschnittenem Gras. Vögel zwitschern, sie sieht etwas – doch was ist das?

Und niemand bemerkt die junge Frau an der Eingangstür des Bauernhauses.

Teil 1 – Liebe und Tod
Kapitel 1 – Der Hof

3. Juli 1913

Die Wiese ist nicht groß, ein halber Hektar. Hundegebell ist zu hören. Der Duft von sommerfrischem Gras schwindet unter dem scharfen Geruch nach Gülle und Verwesung. Warm ist es. Es ist die Zeit, in der die Tiere nach ihrem Ende schnell wieder zum Bestandteil der Natur werden. Das gehört zum Kreislauf der Dinge.

„He, Jehann, bring mal die Wassertonne in den Stall. Die Schwarzbunte hat sich das Bein gebrochen. Kann nicht auf die Koppel. Der Abdecker wird kommen müssen!"

Die Schultern des großen Mannes sind breit, sein blondes Haar kurz geschoren. Ein gebräuntes Gesicht und starke Arme.

„Alles erledigt, Meister. Ist denn im Vorderhaus alles in Ordnung?"

Schmaler der andere, fast mager, doch nicht weniger hochgewachsen. Noch keine zwanzig Jahre alt, mit langem, tiefschwarzem Haar wie Rabenfedern.

„Du sollst nicht Meister zu mir sagen."

Jehann blickte hoch, er zog einen Mundwinkel zum schiefen Lächeln nach oben. „Wie soll ich dich denn nennen, Hermann?", fragte er keck.

„Nicht Meister. Das steht mir nicht. Und erst recht nicht dir. Hab' keinen Herren über dir und keinen Knecht unter dir – das ist die Devise, Jehann, nur das. Weil's Freiheit bedeutet!"

„Wir in Dithmarschen sind ja sowieso frei."

„Ha! Du wirst mal ein guter Bauer – und ein aufrichtiger Dithmarscher."

Die Dithmarscher fühlten sich nach der Schlacht bei Hemmingstedt am 17. Februar im Jahre des Herrn 1500 als freies Volk. Selbstbewusst und stark und niemandem verpflichtet. An jenem Tag schlugen sie die zahlenmäßig weit überlegenen Dänen in die Flucht. Es war die Zeit der Bauernrepublik Dithmarschen. Eine stolze Zeit, die jedoch 1559 durch den erneuten Einmarsch dänisch-schleswig-holsteinischer Truppen beendet wurde. Und aus war's mit der Freiheit. Erst nach dem preußisch-dänischen Krieg von 1864 erlangten die Dithmarscher ihre Unabhängigkeit zurück. Jener Krieg war's, in dem der Großvater von Hermann Alster bei Flensburg fiel.

Dithmarschen war seit jener Zeit gespalten. Die eine Hälfte im Norden, für die andere war der Süden Heimat. Insbesondere die Norderdithmarscher fühlten sich als legitime Nachfolger der Helden von 1500.

1. Oktober 1898

Gerade drei Jahre alt war Jehann, als er damals auf den Hermann Alsters Hof kam. Seine Eltern waren Tagelöhner, denen Woche für Woche die Angst im Nacken saß, dass die Höfe, auf denen sie wann immer sie konnten molken, zimmerten und sauber machten, keine Arbeit für sie hatten.

Als Magda, Jehanns Mutter, merkte, dass wieder ein Kind in ihr heranwuchs, war die Not groß. Da gab's nur eines, beschlossen sie und ihr Mann Peter, wenn's auch noch so grausam schien: Ein schnell wirkendes Gift musste her! Eines, das nicht quälte, das dem Wurm, der da zur Welt kommen sollte, gleich nach der Geburt schmerzlos den Garaus machte. Gift, so dachten sie beide, sei doch noch besser als Erwürgen oder Ertränken. Und ganz sicher besser als Verhungern. Noch ein Kind konnten sie in der engen Hütte, die Peter vor Jahren beim Kartenspiel gewonnen hatte, nicht unterbringen. Nicht noch eines satt bekommen.

Doch war dieser Plan leichter gesagt als getan. Nein, sie brachten es nicht übers Herz, konnten ihr eigenes Fleisch und Blut nicht dem Tode preis- geben, ohne dass es je gelebt hätte! Lieber wollte Peter sich einer Räuberbande anschließen, als seinem Kind ein solches Leid anzutun!

Der Zufall wollte es, dass Peter in dieser Not auf Hermann Alster traf, einen Bauer aus Wrohm, dem Nachbardorf.

Peter zimmerte auf dem Gut von Hauke Ritter einen Schuppen, als er hörte, wie ein Besucher ein Kalb kaufen wollte.

Der Gutsbesitzer und sein Gast tranken in der guten Stube Schnaps und sprachen übers Geschäft. „Meine Margarete ist jetzt schon seit fünf Jahren tot", hörte Peter den Gast sagen. „Hat sich verabschiedet, bevor sie mir einen Sohn schenken konnte. Wenn sie im Kindbett gestorben wäre … aber dieser dumme Gaul hat sie totgetreten, einfach totgetreten."

„Der Herrgott hat so manche Überraschung für uns im Hinterstübchen", meinte Hauke. „Meine Hanna hat mir drei Töchter geboren, einen Sohn aber habe ich auch nicht. Manchmal frage ich mich, wer das alles hier bewirtschaften soll, wenn ich mal nicht mehr bin. Die Mädchen scheinen gar kein Interesse an den Männern zu haben. Schicke ich jemanden zu ihnen, ist das Gekreische jedes Mal laut, und kein Mann hält es die ganze Nacht bei ihnen aus."

„Ich würde dir den Hof abkaufen, aber ich habe ja selbst niemanden", sagte der Gast. „Die eine Tochter, die mir meine Frau hinterließ, ist zu nichts zu gebrauchen. Sie fängt erst jetzt langsam mit dem Sprechen an und sieht den ganzen Tag überall Gespenster. ‚Huhu' macht sie immerzu und läuft wie dumm hinter den Ratten im Stall hinterher. Wenn sie wenigstens die Kraft hätte, sie totzuschlagen, dann wäre sie mir ja noch nützlich. Aber selbst das versteht sie nicht."

„Tja", machte der Dienstherr, „dann musst du wohl nochmal auf Brautschau gehen. Zu alt bist du noch nicht. Aber erst mal sollst du das Kalb kriegen."

„Der Preis ist aber um einiges zu hoch. Du bekommst immerhin schon Pacht von mir", schimpfte der Gast wie mit einem Untergebenen.

„Was willst du denn?", erboste sich Hauke Ritter. „Ich muss meine letzten Jahre schließlich auch noch überstehen. Kostet ja alles Geld. Das Leben ist teuer. Ein neuer Schuppen muss her, den ich gerade bauen lasse. Das kostet! Ach – und überhaupt! Ich hör' meinen Arbeiter gar nicht mehr sägen. Liegt wohl auf der faulen Haut, der Lump!"

Peter erschrak. Beim Zuhören hatte er vergessen weiterzuarbeiten. Und das jetzt, wo er doch in Kürze ein weiteres Maul zu stopfen haben würde. Jetzt würde er im hohen Bogen vom Hof gejagt werden! Er hörte die Schritte seines Dienstherren näherkommen.

„Peter, schläfst du? Der Hund arbeitet härter als du, und dann willst du noch bei mir essen?"

„Ich habe nur aus Versehen zugehört, was Ihr besprochen habt."

„Du belauscht fremde Gespräche? Ich will dir zeigen, was ich von solchen Leuten halte. Du brauchst nicht wieder herkommen!"

„Nun lass ihn doch, Hauke." Der Gast trat aus der guten Stube.

Peter stiegen die Tränen in die Augen. Doch anstatt sich wortreich zu entschuldigen und zu katzbuckeln, schrie er: „Meine Frau bekommt noch ein Kind, und wir wissen jetzt schon nicht, wie wir über die Runden kommen sollen! Da kannst du mich nicht so mir nichts, dir nichts vor die Tür setzen!"

„Niemand hat dich gezwungen, uns zu belauschen und Mittagsstunde zu halten!"

„Hauke", mischte sich der Gast des Gutsbesitzers ein, „ich habe eine Idee. Lass ihn bei mir arbeiten. Seine Frau kann das Kind zur Welt bringen, und ich werde es adoptieren, falls es ein Junge wird."

„Auf die Idee hätte ich kommen sollen", murmelte der Dienstherr. „Aber, wenn der Junge so unpatent ist wie sein Vater, kann er mir sowieso gestohlen bleiben."

„Ich bin Hermann Alster", wandte sich der Gast an Peter. „Wie steht's? Wenn du tüchtig bist und deine Frau auch, dann soll es deiner Familie bei mir an nichts fehlen."

„Ja ... ja, das wollen wir gerne ...“ stammelte Peter, der sein Glück noch gar nicht fassen konnte.

„Ja, nimm ihn nur“, murrte Hauke, „ich habe keine Verwendung mehr für diesen Burschen. Die Scheune soll er noch fertig machen, dann kann er meinethalben gehen, wohin ihn der Wind weht.“

„Gut dann“, sagte Hermann Alster „Es wird bald regnen. Sieh zu, dass du fertig wirst. Komm morgen mit deiner Frau auf meinen Hof. Du weißt ja, wo der ist. Dann beschnacken wir zusammen alles.“

Immer noch tränenüberströmt dankte Peter seinem Retter und machte sich widerwillig ans Werk, um die Scheune noch vor dem Regenguss fertig zu zimmern.

„Mit dem hast du einen Fang gemacht“, meinte Hauke Ritter nicht ohne Häme. „Der wird dich schön ausnutzen.“

„Nun lass ihn man erst mal zu mir kommen“, antwortete Hermann. „Arbeiter sind momentan schwer zu kriegen, das weißt du selbst, Hauke. Die gehen alle zum Militär und wollen Afrika erobern. Auf Neger, die mich sowieso nicht verstehen, will ich nicht warten. Und jetzt genug davon, zurück zum Geschäft. Für das Kalb gebe ich dir zehn Mark und keinen Pfennig mehr.“

„Ach, in Ordnung", knurrte Hauke unwillig. „Nimm das Vieh mit. Es brüllt des Nachts wie der Satan persönlich. Das kann ich im Herbst nicht gut haben."

„Du wirst ja noch richtig geisterfürchtig, Hauke. Mir ist das Wichtigste, dass es schmeckt. Da kann es brüllen, so viel es will."

„Du bist mir einer – immer praktisch aufgelegt. Hast du einen Strick dabei?"

„Ja, ich kann es gleich zu mir führen."

Fünfzehn Jahre war es her, seit Hermanns Eltern von Hamburg aus nach Amerika aufgebrochen waren. Entbehrungen, Not und Hunger hatten sie dazu veranlasst; Eine Zukunft gab es in Dithmarschen nicht für sie, und im Rest Europas sah es nicht besser aus.

Damals war Hermann erst 14 Jahre alt gewesen, und für ihn war kein Platz mehr auf dem Schiff.

Doch war ihm das gleich; er hätte auch nicht mitkommen wollen. Gerade hatte er die blonde Margarete aus Tellingstedt kennengelernt und nutzte das Heu in jener Zeit auch für andere Dinge, als es lediglich an die Tiere zu verfüttern …

So kam es, dass er trotz seiner Jugend schon die Verantwortung für den elterlichen Betrieb übernehmen musste. Das war allerdings kein ungewöhnliches Alter zu jener Zeit, um eine vollwertige Kraft in der Landwirtschaft zu sein.

Von der Schule bekam er eine Sondergenehmigung, sodass er sich ganz auf die Arbeit auf dem Hof konzentrieren konnte. Mit dem Lesen und Schreiben hatte er es ohnehin nicht so, für ihn waren Zahlen viel wichtiger. Das Rechnen war schließlich Teil all seiner Tage. Sein Vater hatte immer gesagt: „Wenn ein Schwein fünf Mark kostet, musst du wissen, was zehn Schweine kosten. Mehr brauchst du nicht zum Leben."

Innerhalb der folgenden Jahre baute Hermann Alster einen beachtlichen Betrieb auf. Schnell hatte er acht Kühe, zwei Deckbullen, drei Schweine und fünf Hühner auf dem Hof. Für die Feldarbeit gab es drei Pferde.

Die Kühe waren im Stall fest angebunden. Die Bullen hatten eine etwas größere Box, weil es ohnehin kein Band gab, das ihrer unzähmbaren Kraft hätte widerstehen können. Mit dieser Zahl an Tieren war Hermann bald der größte Bauer weit und breit. Den ganzen Tag verbrachte er damit zu melken, zu füttern und von Zeit zu Zeit ein Huhn, ein Kalb oder Schwein zu schlachten und zu verkaufen.

Wollte ein Bauer für die eigenen Kühe seine Deckbullen in Anspruch nehmen, so brauchte er mindestens fünf Männer, die mit Stöcken und Peitschen und mit einem Gewehr für alle Fälle die Tiere in Schach hielten.

Die harte Arbeit ließ Hermann stark und muskulös werden. Schon früh jedoch spürte er vor allem in den kalten Monaten seinen Rücken. An manchen Tagen waren die Schmerzen so groß, dass er bis zum Mittag gekrümmt ging wie ein alter Mann.

Doch waren Hermann Alster ein stures Durchhaltevermögen und ein unerschütterlicher Ehrgeiz zu eigen. Wie sonst hätte er es zu jener Zeit zu etwas bringen sollen? Und wenn's auch noch so schwer war; Landwirt war er und wollte er sein. Nur manchmal dachte er, dass es beim Militär leichter gewesen wäre, mit etwas Glück zu bescheidenem Wohlstand, zu Ruhm und Ehre zu gelangen. Ein Weg, den schon manch anderer junger Bursche aus der Gegend gewählt hatte. Doch waren das nur Gedanken, weiter nichts …

Seit ihrer Abreise hatte Hermann nichts mehr von seinen Eltern gehört. Ab und zu dachte er noch an sie und hoffte, dass es ihnen gut gehen möge. Er hatte rein gar keine Vorstellung von der Gegend, in der sie jetzt wohl lebten. Einmal war er zur Post- stelle im Dorf gerufen worden, weil eine Sendung aus Übersee für ihn eingetroffen sei, so hieß es. Als er jedoch das kleine Gebäude betrat und den Beamten hinter dem Schalter nach dem Brief fragte, zuckte jener nur mit den Achseln und wühlte erfolglos in dem für Hermann Alster vorgesehenen Postfach herum: „Da ist kein Brief, mein Hermann. So ein Brief aus Amerika wäre mir auch aufgefallen."

Wehmütig hatte Hermann sich an jenem Tag noch einmal an den Abschied erinnert. Hatte sein Vater damals Tränen in den Augen gehabt? Er wusste es nicht mehr. Die Erinnerungen verblassten wie eine Fotografie. Sie schmerzten schon damals kaum noch. Und als der Brief bei der Poststelle verloren ging oder vielleicht in Wirklichkeit nie da gewesen war, interessierte es ihn auch nicht mehr.

Seither hatte Hermann Alster sich geschworen, nicht weiter auf Nachricht von seinen Eltern zu hoffen.

1. Juli 1913

„Ja, so war das damals", sagte Hermann Alster an Jehann gewandt. „In der Nacht nach diesem Treffen mit Hauke Ritter brannte die Hütte deiner Eltern ab und ließ nur dich übrig."

Seine Stimme senkte sich, als er weitersprach: „Deine ganze Familie kam damals um. Auch dein noch ungeborenes Geschwisterkind."

Jehann hatte keine Erinnerung mehr an seine Familie, und das ließ ihn keinen Verlustschmerz empfinden. Nur manchmal, in blassen Träumen, sah er sich als kleinen Jungen nachts aufwachen und nach seiner Mutter schreien.

Von den Gerüchten, wonach seine Eltern zehn Jahre vor seiner Geburt mit einer Diebesbande aus Rumänien nach Dithmarschen gekommen seien und viele Raubüberfälle verübt hätten, bekam er zu seinem Glück noch nichts mit. „Diese Menschen würden Kinder stehlen und schwangere Frauen verhexen", erzählte man sich.

Hermann Alster hatte Jehann zu sich genommen. Und in den Nächten, in denen der kleine Bursche weinend seine Mutter vermisste, hatte er sich immer zu ihm gelegt und mit seiner rauen, aber sanften Stimme beruhigt: „Deine Mutter ist beim lieben Gott. Von da passt sie auf dich auf."

Gemeinsam mit Tante Grete – sie wohnte der Nachbarschaft – zog Hermann Alster den Jungen auf. Tante Grete war die gute Seele des Dorfes und die Hebamme – schon deshalb hatte sie ein besonderes Verhältnis zu Kindern. Tagsüber, wenn Hermann im Stall oder auf der Weide war, verbrachte Jehann die Zeit bei ihr, oder sie blieb bei ihm und las oder sang ihm etwas vor. Meistens das Gedicht von Klaus Groth „Min Jehann":

Ik wull, wi weern noch kleen, Jehann,
Do weer de Welt so grot!
Wi seten op den Steen, Jehann, Weest noch? bi
Nawers Sot.
An Himmel seil de stille Maan,
Wi segen, wa he leep,
Un snacken, wa de Himmel hoch
Un wa de Sot wul deep.
Weest noch, wa still dat weer, Jehann?
Dar röhr keen Blatt an Bom.
So is dat nu ni mehr, Jehann,
As höchstens noch in Drom.
Och ne, wenn do de Scheper sung
Alleen, int wide Feld:
Ni wahr, Jehann? dat weer en Ton!
De eenzige op de Welt.
Mitünner inne Schummerntid
Denn ward mi so to Mod.
Denn löppt mi't langs den Rügg so hitt,

As domals bi den Sot.
Denn dreih ik mi so hasti um,
As weer ik nich alleen:
Doch allens, wat ik finn, Jehann,
Dat is – ik sta un ween.

Obwohl man nach Klaus Groth am Ende eigentlich weinen sollte, fing Jehann immer an zu lachen, wenn Tante Grete ihm dieses Gedicht vorgetragen hatte.

Sie starb allerdings schon vor zwölf Jahren. So musste sich Hermann Alster selbst um Jehann kümmern.

Bereits früh wurde Jehann in die Hofarbeit eingeführt. Von Kindesbeinen an schuftete er und war bald schon so wertvoll wie der Helfer, den sich Hermann Alster gewünscht hatte. Von dieser Zeit an trug der Junge den Namen Alster. Wie seine Eltern geheißen hatten, wusste niemand mehr mit Sicherheit zu sagen. Alle Dokumente, die Aufschluss über seine Herkunft hätten geben können, waren verbrannt.

Im Dorf war Jehann überall als guter und fleißiger Hofarbeiter, als unauffälliger, gleichwohl höflicher und duldsamer junger Mann bekannt. Einer, dem das Land und die Tiere am Herzen lagen. Wie sehr jedoch seine Augen wirklich leuchteten, wenn er in den Stall ging und die Kühe fütterte und molk, wie hell in ihm die

Sonne aufging, wenn er aufs Feld trat und in der Natur sein durfte, wusste freilich nur Hermann Alster. Er erblickte in Jehann mehr und mehr ein Ebenbild seiner selbst. Als Jehann 15 Jahre zählte, hätte Hermann Alster allein wegen des ähnlichen Temperaments und der gleichen Interessen zwischen einem leiblichen Sohn und dem Jungen nicht unterscheiden können.

Hauke Ritter wiederum wurde zum Ende seines Lebens seltsam. Überall sah er Gestalten mit Hörnern, hörte Menschen, die ihn um Essen und Geld anflehten. Einige Leute verdächtigten ihn sogar, ein Kind aus der Nachbarschaft in die Eider geworfen zu haben, wo es ertrank und erst drei Wochen später ans Ufer geschwemmt wurde. Der Leichenbestatter meinte, dass die Kehle des Kindes sei zerquetscht gewesen.

Im August 1901 schließlich hängte sich Hauke Ritter an einem Balken in seinem Stall auf. Seine Töchter verkauften alle Tiere und gingen in die Stadt, nach Heide. Den Hof überließen sie ihrer Mutter, die wenig später ebenfalls starb.

Zwei Wochen nach ihrem Tode wurde der Hof ein Raub der Flammen. Die Ursache für den Brand wurde nie ermittelt; es gab niemanden, der ein Interesse an der Ursache gehabt hätte.

Die Töchter erbten das Land und verpachteten es. Sie selbst ließen sich aber äußerst selten noch im Dorf blicken.

Das Jahr verlief ruhig. Im Herbst wurden die Ernten eingebracht und das Fleisch gepökelt. Der Winter war nicht lang, der Frühling umso wärmer, und im April 1914 konnte man schon erste Blumen am Rande der Koppeln sehen.

Jehann unterließ es nicht, Hermann Alster immer wieder darauf aufmerksam zu machen, dass er den Hof übernehmen wolle. Daraufhin erwiderte sein Ziehvater jedes Mal, dass er doch erst mal auf Wanderschaft gehen könne, um anderswo die Landwirtschaft zu erlernen.

Das jedoch tat Jehann stets mit einem Lachen ab. „Wanderschaft – pah! Das ist nur etwas für Hand- werker auf der Walz. Nicht aber für ehrliche Bauern!"

Hermann Alster war es recht; insgeheim erhoffte er doch stets eine solche Antwort. So behielt er Jehann weiter als Gehilfen – und als Sohn, auch wenn er kein leiblicher Nachkomme war.

Den Hof wollte er Jehann jedoch wegen seines selbst noch jungen Alters erst in einigen Jahren überlassen. Noch fühlte Hermann sich stark und durch nichts und niemanden zu besiegen.

Auch die unkontrollierten Tobsuchtsanfälle, die Jehann noch bis vor kurzem mindestens einmal im Monat bekam, stützten Hermann Alster in seiner Entscheidung. Der Bengel war noch nicht reif, allein einen Hof zu führen.

Kapitel 2 – Verhängnisvolle Lust

Hanna, die Tochter Hermann Alsters, hatte das Sprechen nie richtig erlernt. Es war, als weigerten sich ihre Zunge und die Lippen und die Kehle, verständliche Worte zu formulieren. Und wenn auch ihre Stimme, wenn sie summte oder trällerte oder auf sonst eine Art versuchte, sich verständlich zu machen, hell klang und weich, so gelang es ihr doch nie, sich jemand anderem als Jehann verständlich zu machen.

Er allein war in der Lage, Hannas Laute und Gesten, ihren Gesichtsausdruck und all die Geheimnisse zu deuten, die sich bisweilen hinter ihren Blicken verbargen.

Als er 1898 auf den Hof gekommen war, hatte er sich schnell mit Hanna angefreundet. Sie tobten über die Wiesen, genossen die Natur und liebten einander wie Geschwister.

Im Jahr 1910 schließlich entdeckte Jehann die Reize an Hannas Körper. Hanna war trotz ihrer Defizite eine hübsche junge Frau geworden. Sie trug langes blondes Haar, ein offenes, wenngleich undeutsames Lächeln, und ihr Leib bildete schon früh jene weiblichen Rundungen, die eine Frau schön machen.

Einzig Hermann Alster schien all diese Veränderungen nicht wahrhaben zu wollen. Für ihn

war Hanna stets nur die hilfsbedürftige, geistes-
schwache Tochter; niemals jedoch eine Frau!
Und als er Jehann eines Tages mit ihr im Stroh
erwischte, war es, als sehe er die leibhaftige Sünde
vor sich. Sein Blut kochte ihm schier über, und er
drohte Jehann gar mit Kastration! Was sollte das
denn werden, ein Nachkomme einer Schwach-
sinnigen und dem Sohn von Tagelöhnern! Dabei
konnte nichts Gutes rauskommen. So lehrten es
die Gesetze des alten Gregor Mendel, die in der
Landwirtschaft großes Gewicht besaßen.

Dieses Vorkommnis lag bereits vier Jahre zurück, und Hanna verließ seither kaum noch ihre
Kammer. Dort saß sie tagein und tagaus und
webte an Teppichen, die Hermann Alster an den
Wochenenden auf dem Markt in Heide verkaufte.

Jehann besuchte sie dennoch, und beide unterhielten sich in ihrer ganz eigenen Sprache
miteinander. Hermann tat dieses Gemurmel als
Kinderkram ab und unterließ es, Jehann darauf
anzusprechen.

Im April 1914, kurz nach der Aussaat, wollte
Jehann gegen Abend nach Dellstedt reiten – ge-
nauer an die Rethbucht.

Die Rethbucht war ein Moor, in dem man stets
alleine war und seine Seele und seine Gedanken
schweifen lassen konnte. Es kursierten Geschichten um dieses Gebiet, nach denen man hier Kontakt mit den Geistern verstorbener Menschen

aufnehmen konnte. In bestimmten Nächten stiegen sie aus dem Moor empor. Das hatte ihm Tante Grete erzählt. Jehann selbst hatte schon oft geglaubt, den Schemen einer Frau, einer wunderschönen Frau, draußen im Moor zu sehen. Ob sie ein Geist war? Als er Hermann von diesen Bildern berichtete, lachte der nur und meinte, dass Jehann wohl wirklich bald eine Frau bräuchte.

Der Junge ließ sich von diesen Geschichten nicht beeindrucken und zäumte sein Pferd. Andere in seinem Alter besaßen Fahrräder, die das Fortkommen bequemer machten. Jehann fand es aber nach wie vor schick, mit seinem schwarzen Hengst auszureiten.

Auf seinem Weg nach Dellstedt kam er an der Schmiede vorbei – ein Ort, der ebenfalls lange Zeit als magisch angesehen worden war. Dass hier Flammen ein Material von fest in flüssig verwandelten, dass Metalle miteinander verschmolzen werden konnten, bot Anlass zu mannigfachen Fantasien, die einen Schmied auf eine Stufe mit Zauberern stellte.

Bald sah er an einem Wäldchen eine alte Frau, die dort erste, noch kleine und halb grüne Erdbeeren sammelte. Sie beachtete ihn nicht, und er ritt ungestört weiter.

Ein gutes Stück weiter, bei den Bahnschienen, konnte er schon das Moor riechen, den Torf, der hier noch bis vor kurzem abgebaut worden war. Diese Düfte versetzten Jehann in eine andere Welt, schon begann sein Körper, gleichsam leichter zu werden.

In Dellstedt angekommen, blickte er verträumt vom Rande des Moores in die untergehende Sonne. Der Wind flüsterte unheilvoll, als ob er ihn vor etwas warnen wollte. Für diese Jahreszeit ungewöhnlich warm blies er über sein Gesicht und brachte den für diese Gegend typischen feucht-modrigen Geruch mit sich.

Von fern klang ein Donnerschlag durch die Luft. Jehann hatte zwar nicht schnell Angst, in diesem Moment jedoch erinnerte er sich der alten Geschichten und ihn fröstelte. Auch sein Rappe wurde unruhig. Und mit einem Mal hörte er ein Rascheln hinter sich.

Er fuhr herum. Das Pferd scheute, Jehann konnte sich nicht mehr im Sattel halten, rutschte vom Pferderücken und klatschte ungelenk auf den morastigen Untergrund.

Nach dem ersten Schreck blickte er auf und sah im Schilfgras ein strohblondes Mädchen mit breitem, lieblichem Gesicht an ein Fahrrad gelehnt.

Jehann atmete tief durch. „He, du hast mich erschreckt", sagte er schließlich, als sein Herzschlag sich beruhigt hatte. „Ich dachte schon, du wärst vielleicht …"

„Ein Wildschwein?", vollendete sie seinen Satz kichernd.

„Ja, genau so etwas." Dass Jehann eher an den Teufel oder einen Geist gedacht hatte, musste er ihr ja nicht erzählen.

„Nee, ich hab' gerade mit meinem Vater die Tiere von Hinrich Bootsen auf die Koppel getrieben. Mein Vater verdient sich ein bisschen Geld dazu, wenn er da aushilft", erklärte das Mädchen. „Und jetzt will ich zum Baden in die Eider."

Die Eider war ein beliebter Fluss zum Baden und Angeln. Bereits Odysseus hatte ihn der Sage nach vor Jahrtausenden bereist. So schildert es Homer in seiner Odyssee.

Jehann schaute das Mädchen an und stellte erleichtert fest, dass es keinerlei Ähnlichkeit mit dem Frauenbildnis draußen im Moor hatte. Er kniff die Augen zusammen und warf einen vorsichtigen Blick hinüber – tatsächlich, da draußen war sie noch. Es schien, als winkte sie ihm.

„Hast du Lust, zur Eider mitzukommen?"

Jehann war sprachlos. Was geschah hier? Er war schon einige Male ans Moor geritten, um sich fernab des höfischen Treibens zu entspannen und den lieben Gott einen guten Mann sein zu lassen. Eine solche Begegnung aber hatte er bisher noch nie erlebt. Was hinter dem merkwürdigen Verhalten der jungen Frau steckte, sollte er erst später, viel später, erfahren.

Er war nur froh, dass sein Pferd trotz des Schreckens so ruhig blieb. Nachdem es ihn abgeworfen hatte, war es nicht etwa kopflos ins Moor gerannt, wie man es von Fluchttieren erwarten konnte, sondern schien beinahe interessiert der Unterhaltung der beiden zu lauschen.

Als Jehann nun verlegen lächelte, trat das Mädchen zu ihm, streckte ihm die Hand entgegen, sodass er aufstehen konnte, und forderte ihn auf, sein Pferd zu besteigen und ihr zu folgen. Sie hingegen stieg auf ihr Fahrrad, und sie machten sich gemeinsam auf den Weg zur Eider.

Die Wege waren zumeist mit dichtem, wegen der Wärme und der ungewöhnlichen Trockenheit an jenen Tagen fast verwelktem Gras bedeckt. In den Bäumen sangen die Vögel ihr Lied, und in der Ferne bellten Hunde, die wahrscheinlich gerade Tierherden von der einen zur anderen Koppel trieben.

Während des Weges sprachen Jehann und das Mädchen kein Wort miteinander. Jehann wusste überhaupt nicht, wie ihm geschah und was er hätte sagen sollen. Die Neugier trieb ihn aber voran.

Als sie schließlich beim nahegelegenen Fluss angekommen waren, band er sein Pferd an den Pfahl der Brücke, die den an dieser Stelle nicht allzu breiten Flusslauf überspannte. Er fragte sich, was nun folgen würde. Bislang war er nur allein zum Baden gegangen oder zusammen mit Hermann, der sich nach einem langen Tag im Stall auch gern in der Eider erfrischte.

Das Mädchen legte sein Rad ins hohe Gras. Verlegen schaute Jehann in das ruhige, von Algen und Gras durchzogene Wasser.

„Na, nun mal raus aus den Klamotten", rief ihm das Mädchen zu und kicherte. „Ich bin übrigens Janne."

Janne! Tatsächlich, ihren Namen hatte sie ihm bis dahin noch gar nicht gesagt. Nun, ein hübscher Name.

„Ich bin Jehann", gab der nun vollends unsicher wirkende Junge zurück.

„Na, Jehann, dann zieh dich aus. Du stinkst auch richtig."

Wie konnte ein bis vor wenigen Minuten noch fremdes Mädchen ihm so etwas befehlen? Jehann war zwischen vielen Gefühlen – Wut, Erregtheit, Schüchternheit und Überraschung – hin- und hergerissen. Stank er wirklich so schlimm?

Ein freches Weib war sie, ungewöhnlich keck. Er hatte schon von Frauen gehört, die Männer verführten, um an deren Geld zu kommen. Seine Geldbörse trug Jehann aber niemals mit sich. Es war ohnehin nur ein abgewetzter Lederbeutel mit ein paar Mark darin. Dieses Geld nahm er nur mit, wenn er mit dem Zug in die bekannte Markt- und Handelsstadt Heide, gleichzeitig die größte Stadt im Gebiet von Norderdithmarschen, fahren wollte. Das kam vielleicht zweimal im Monat vor. Dort ging er dann zum Markt und kaufte sich Bonbons und Schokolade, die ein sehr kundiger Bäcker an seinem Stand anbot.

Er hatte schon Angst, dass die Tobsucht wieder in ihm aufstieg, wie sie es noch vor ein paar Jahren regelmäßig tat. Dafür war Jehann allerdings zu verwirrt.

Mit einem Ruck seine Scheu überwindend, schmiss Jehann schließlich seine Arbeitskleider hinter sich und stand vollkommen nackt vor dem Mädchen. Er beobachtete, wie sich auch Janne entkleidete. Die Schnüre, mit denen ihr Gewand am Rücken befestigt war, kosteten sie einige Mühe. Aber nach ein paar Drehungen war auch sie vollständig nackt.

Jehann wusste nicht, wohin mit seinen Augen; etwas regte sich in seiner Hüftgegend …

„Na, Lust auf eine Erfrischung?" Jannes Stimme klang hell und fröhlich.

Ja, eine Erfrischung – etwas anderes half jetzt wohl nicht mehr.

Mit einem Satz ließ Jehann sich hastig in die Eider fallen, Janne sprang sogleich kreischend hinterher. Das Wasser war noch eisig, doch war es genau das, was Jehann jetzt in seiner Erregung brauchte. Schnell waren sie von einem Ufer zum anderen geschwommen.

„He, das war gut", schnaubte Janne. „Das Wasser macht munter. Sag mal: Wie alt bist du eigentlich?"

„Achtzehn", antwortete Jehann ohne nachzudenken. Sein genaues Alter wusste er nicht. Sollte es je ein Dokument mit seinem Geburtsdatum gegeben haben, so war dies ein Raub der Flammen geworden.

„Dann kann ich vielleicht noch etwas von dir lernen." Janne kicherte frech wie ein Kind, das gerade etwas ausgefressen hatte. „Ich bin erst sechzehn."

Jehann wusste mit dieser Bemerkung nicht so recht etwas anzufangen. Doch da spürte er ihre Hand zwischen seinen Schenkeln und verstand.

Sie ließen sich am Ufer ins Gras fallen und erkundeten gegenseitig ihre Körper. Janne hatte kleine feste Brüste, lange, schlanke Beine und ein noch jungfräuliches Geschlecht, was Jehann schnell auffiel. Er hatte kaum mehr Erfahrung als sie, versuchte aber, es sich nicht anmerken zu lassen. Die Annäherungen an Hanna waren immer viel zu schnell unterbunden worden, als dass er wirklich hätte genügend Erfahrungen sammeln können.

Als er schließlich in Janne eindrang, schrie sie auf. Sie schrie so laut, dass ein Schwarm Vögel erschrocken aus einem nahen Baum davon stob.

„Beim ersten Mal ist es immer etwas schmerzhaft", redete Jehann ihr keuchend gut zu. Das hatte er auch schon bei den Tieren beobachtet.

Nach wenigen Minuten stieß Janne ihn außer Atem von sich: „Das machen wir morgen nochmal", flüsterte sie ihm halb schluchzend zu. „Für heute ist es genug."

Erschöpft, verdutzt und irgendwie auch glücklich machten sich Jehann und Janne auf den Rückweg durch die Eider. Von fern hörten sie die Kirchturmuhr acht Mal schlagen. Es war also schon recht spät am Abend. Der Tag begann auf dem Land schließlich bereits um fünf Uhr morgens.

„Wo kommst du eigentlich her? Ich möchte dich wiedersehen!"

Durch diese Worte Jehanns am Fortgehen gehindert, drehte sich Janne noch einmal um und raunte ihm zu: „Aus Tellingstedt. Ich komme vom Schneidermeister Jörgens."

Dieser Name sagte Jehann etwas, und er beschloss, sie schnellstmöglich dort zu besuchen.

Zu Hause angekommen, ging Jehann sogleich in die große Stube. Hermann war gerade dabei, die frisch gelegten Eier seiner Hühner zu putzen. Diese würde er dann seinem Nachbarn und Freund Jens Peters mitgeben, der sie drüben in Heide auf dem Wochenmarkt zum Verkauf anbot.

„Moin Vadder!" Das trotzige „Meister" verkniff Jehann sich. Er hatte Mühe, sein Grinsen, welches ihm übers ganze Gesicht flackerte, zu verbergen.

„Moin Jehann. Wo bist du denn so lange gewesen? Ich erledige hier ganz allein die Arbeit, und du treibst dich herum."

„Herumgetrieben habe ich mich nicht, Vadder. Ich war bei der Rethbucht und wollte ein bisschen Sonne tanken. Da habe ich jemanden getroffen."

Jehann grinste weiterhin über das ganze Gesicht. Schließlich hatte Hermann Alster ihm selbst vor einigen Tagen gesagt, dass er wohl einmal eine Frau bräuchte.

„Na, wer das wohl war? Du siehst aus, als hättest du den Sonnenschein persönlich getroffen."

„So etwas Ähnliches", antwortete Jehann. „Ich habe Janne getroffen."

„Janne? Doch wohl nicht Janne Jörgens aus Tellingstedt?"

„Du kennst sie?"

„Jeder kennt sie. Ihr Vater ist ein ordentlicher Handwerker, das sagt man zumindest. Aber über sie hört man nichts Gutes."

Jetzt blickte Jehann verstört drein: „Was sagt man denn über sie?"

„Ach, sie soll sich mit jedem Mann einlassen und schon drei uneheliche Kinder haben. Das ist kein Umgang für dich."

Dass diese Gerüchte nicht stimmten, wusste Jehann nun aus eigener Hand. Die Offenheit und Zielstrebigkeit, mit der sie ihn verführt hatte, machten ihn gleichwohl stutzig: „Aber sie war doch noch Jungfrau!"

„Sag nicht, du hast mit ihr Unzucht getrieben!" Hermanns tiefe Stimme klang plötzlich wie das Donnergrollen vor einigen Stunden. Er ließ die Eier in den Korb rollen, sprang auf und verpasste Jehann eine schallende Ohrfeige.

„Aber … aber sie hat mir keine Wahl gelassen." Jehann schluchzte fast und rieb sich die brennende Wange.

„Du hast immer eine Wahl. Wenn sie jetzt ein Kind von dir kriegt oder dir ein anderes anhängt, wer soll das durchfüttern? Ich werde jedenfalls nicht dieser Esel sein! Und jetzt rauf mit dir in deine Kammer. Ich will dich heute nicht mehr sehen."

Wie von einer schweren Last gebeugt, schlich Jehann zur schmalen, steilen Treppe, die zu den Kammern von Hanna und ihm führte.

Hanna saß wieder vor der offenen Tür und webte an einem Teppich. Sie sah auf, und beide begrüßten sich kurz in ihrer ganz eigenen Sprache und schenkten einander ein Lächeln. Dann schlich Jehann in seine Kammer. Er schloss die Augen und dachte an den Tag zurück, der ihm so viele Überraschungen gebracht hatte. Eigentlich war er nicht böse darum, dass Hermann ihn wie einen kleinen dummen Jungen auf die Stube geschickt hatte. So konnte er das vollenden, wozu er bei Janne wegen ihrer Entjungferungsschmerzen nicht mehr gekommen war.

Von der aufregenden Begegnung träumend, befriedigte Jehann sich selbst. Hinterher fiel er in einen ruhigen, entspannten, gewiss aber nicht traumlosen Schlaf. So unerwartet und impulsiv wie Janne hatte noch niemand seine Fantasie angeregt.

Als die Vögel anfingen zu singen, erwachte Jehann. Ein Blick auf die große Uhr an der Wand verriet ihm, dass es Zeit war, aufzustehen und mit dem Melken zu beginnen – es war fünf Uhr. Unten hörte er bereits Hermann rumoren.

„Na, Jehann, gut geschlafen?"

Sich an die gestrige Abfuhr erinnernd, schwieg Jehann.

„Bei mir war die Nacht nicht so gut. Die Mücken haben mich ordentlich geärgert", fuhr Hermann fort.

Jetzt erwiderte Jehann schmunzelnd: „Joa, ich habe gut geschlafen."

„Du Sauhund, du warst wahrscheinlich sehr entspannt", gab Hermann Alster ebenso schmunzelnd zurück, „Jehann, die Katze im Stall hat Junge gekriegt. Geh' zur Wassertonne und ersäuf sie. Das kannst du noch vor dem Melken machen."

So etwas war nichts Ungewöhnliches auf dem Land. Katzen waren zwar sinnvoll, um Ratten und Mäuse loszuwerden; zu viele von ihnen konnten aber schaden. Die Tiere vermehrten sich ungestört, und man musste sich ihrer hin und wieder entledigen, damit sie nicht zu viel vom Tierfutter wegfraßen. Für Jehann war eine solche Aufgabe aber immer etwas, wovor er sich fürchtete.

So ging er widerwillig in den hinteren Stall, wo die Wassertonne stand. Von fern hörte er schon die jungen Katzen maunzen. Beim Näherkommen sah er, dass es fünf Kätzchen waren, die von einer großen, mageren Katze bewacht wurden.

Das Muttertier fauchte, als Jehann sich näherte. Die Augen der kleinen Fellkugeln waren noch kaum geöffnet. Jehann wusste wohl, dass den Katzen wahrscheinlich ein Hungertod und langes Siechtum bevorstanden, würde er diese Aufgabe jetzt nicht erledigen. Trotzdem drehte sich ihm der Magen um, als er sich an die Arbeit machte. Er packte das erste Tier im Genick. Seine Ohren dröhnten, sein Herz hämmerte von innen gegen seine Brust. Es kam ihm vor, als ob das Kätzchen laut schrie, was es wegen seiner geringen Reife aber sicher nicht tat.

Jehann schmiss es, ohne zu überlegen, in die hinter ihm stehende Wassertonne. Das Wasser regte sich nur kurz. Dann war das Kätzchen auf den Boden der bis zum Rand gefüllten Tonne gesunken.

Mit den anderen Katzen verfuhr er ebenso, wobei er sich einige Kratzer des Muttertiers einhandelte, welches er daher mit einem Schlag auf den Kopf ebenfalls tötete.

Batsch. Batsch. Batsch. Batsch. Batsch.

Als er in die Tonne blickte und kein Leben mehr feststellte, nahm er die Kadaver heraus und brachte sie auf den Misthaufen. Dort konnten sie wieder zur Natur werden, von der sie nur kurz vorher erschaffen worden waren.

Den ganzen Tag – es war der 8. April 1914 – konnte Jehann sich nicht auf die Arbeit konzentrieren, wollte sogar eine Kuh zweimal nacheinander melken. Er musste immer wieder an die Katzen denken, bis sich schließlich gegen Abend ein anderer Gedanke an die Oberfläche kämpfte. Was hatte Janne gesagt? „Morgen machen wir weiter."

Das breite Grinsen stieg wieder in sein Gesicht. Wenn er bloß wüsste, wann und wo sie weitermachen wollten und wie es ihr dann gefallen würde.

Schließlich war das Tagewerk getan, und Hanna brachte den Männern wortlos zwei große Krüge voller Milch. Dabei verschüttete sie ein paar Tropfen, was die Menge aber kaum schmälerte.

Gierig tranken Hermann und Jehann die Milch und gingen dann wortlos auseinander. Was sollten sie sich auch erzählen? Sie waren schließlich den ganzen Tag beisammen gewesen und hatten dieselben Dinge erlebt.

Jehann schlug sofort den Weg zum Stall ein, wo er sein Pferd, das er Hektor genannt hatte, sattelte und davonritt. Hektor – so hatte ein Pferd in einer der Geschichten geheißen, die ihm Tante Grete früher erzählt hatte. Das hatte ihn beeindruckt. Doch das war früher, das war lange her!

Jetzt schlug er mit Hektor schnell den Weg zur Eider ein, wo er Janne am ehesten vermutete. Als er sich dem Flussufer näherte, sah er sie bereits an ihr Fahrrad gelehnt im hohen Gras hocken.

Hermann bemerkte währenddessen, dass sich Jehann wieder unabgemeldet vom Hof entfernt hatte. „Na warte, Bürschchen, du kannst was erleben", brummte er in seinen dichten Bart.

Hanna war an diesem Tag seltsam. Sie zitterte seit dem späten Nachmittag und kniff die Augen fest zusammen. Hermann brachte ihr Tee und Kaffee, eine Wärmflasche und sogar eine Kanne voller Schnaps. Aber all das schien sie nicht zu interessieren.

Der Arzt im Dorf hatte sich Hanna schon häufig angeschaut, wusste bei diesem Mädchen aber ebenso wenig Rat wie Hermann oder andere Leute aus der Gegend. Eine solche Erkrankung des Geistes hatte man noch nicht gesehen.

Jehann bekam von all dem nichts mit. Er genoss die zarten Berührungen Jannes und gab ebenso zärtliche Liebkosungen an sie zurück.

Sie flüsterte: „Es muss dir schon merkwürdig scheinen, was mit uns geschieht."

Damit sprach sie Jehann aus der Seele.

„Du wirst es jetzt vielleicht noch nicht verstehen. Aber glaube mir: Alles im Leben hat einen Sinn!"

Schließlich offenbarte sie ihm wieder ihre Scham und blinzelte ihn erwartungsvoll an. Jehann kannte kein Halten mehr. Voller Begierde stieß er sein steifes Glied in die jetzt vor Lust kreischende Janne. All die Ermahnungen Hermann Alsters waren in diesem Moment vergessen.

Nach einer gefühlten Ewigkeit ergoss sich Jehann in Janne und stöhnte dabei erleichtert auf.

Auch das Mädchen schien gerade seinen Höhepunkt hinter sich zu haben.

„Na, das war doch gut, oder?"

„Heute hat es mir sehr viel Spaß gebracht", säuselte Janne in sein Ohr. „Es musste sich bei mir erst mal alles zurechtwuchten."

„Kein Problem", gab Jehann zurück. „Für mich war es auch toll. Das sollten wir jetzt häufiger machen."

„Ja – und vielleicht auch mal woanders?"

Jehann überlegte; bei ihm Zuhause würde es nicht gehen. Sein Ziehvater würde es ihm niemals erlauben. Zu seiner Erleichterung aber sagte Janne „Mein Vater ist bis acht Uhr abends im Geschäft. Dann können wir auch mal zu mir gehen."

Ihr Blick schweifte zum Himmel hoch und über den Horizont. Ein kühler Wind fasste ihr Haar, als wolle er damit spielen. „Siehst du das?", fragte Janne schließlich. „Da hinten wird es schon dunkel. Es wird wohl Gewitter geben. Da bin ich nicht gerne draußen."

Als ob Hektor die feine Wetteränderung schon vorausahnte, schnaufte das Tier und trabte unruhig um den Pfeiler, an den es gebunden war.

„Gut, dann verabschieden wir uns für heute?" Jehann legte eine Hand auf die von der körperlichen Erregung immer noch feuchte Haut an Jannes Arm.

„Ja", sagte sie, „für heute sollten wir uns verabschieden. Aber morgen will ich dich wiedersehen. Wir treffen uns wieder hier und können dann zu mir gehen. Schlaf gut."

„Du auch, meine Süße", erwiderte Jehann voller Hingabe. „Morgen werden wir uns wiedersehen!"

Auf dem Weg zurück nach Hause fiel Jehann ein Spruch ein, den Hermann Alster ihn einst gelehrt hatte: „Was man gut weg hat, kann nicht schlecht wiederkommen."

Ja, genau solch eine Situation musste er wohl gemeint haben! Dieses Erlebnis hatte Jehann gut weg.

Zu Hause angekommen, erschrak Jehann so sehr, dass er fast vom Pferd fiel. Er sah sofort, dass etwas Unheilvolles in der Luft lag. Am Zaun, der das Alster'sche Grundstück umgab, lehnte das Fahrrad des Dorfarztes, daneben ein weiteres, das Jehann nicht kannte. Zudem waren die Fensterläden geschlossen, was um diese Zeit alles andere als normal war.

Als er Hektor in den Stall gebracht hatte und die Diele betrat, vernahm er, wie Hermann mit dem Arzt und einem anderen Mann diskutierte. Jehann lauschte und wartete, bevor er die Klinke der Stubentür herunterdrückte und langsam eintrat. In der hinteren Ecke stand Hermann, der mit dem Arzt und dem Pastor sprach.

Auf dem Sofa lag Hanna – regungslos!

Erst nach Sekunden, die ihm wie eine Ewigkeit schienen, verstand Jehann den Sinn der Worte, welche die Männer sagten: Es ging um eine Beerdigung. Aber von wem? Als er unbemerkt noch einen Schritt näherkam, begriff er, und es fuhr ihm wie ein Stich durchs Herz. Hanna!

„Sie hat wohl nicht lange leiden müssen", sagte der Arzt, „aber so eine Nervenkrankheit schien sie ja schon immer in sich getragen zu haben."

„Ich hatte ja gemerkt, dass sie in letzter Zeit schwächer geworden war. Aber ich dachte, das hätte am Wetter gelegen." Hermann Alster sprach diese Worte jetzt ruhig und gelassen aus. Gerade so, als lese er aus einer Zeitung vor.

Und wie zur Bestätigung seiner Worte zuckte in diesem Moment ein greller Blitz durch die dichte Wolkendecke über dem Alster'schen Anwesen und zog einen lauten Donnerschlag nach sich.

„Ja, mein lieber Hermann. Es bleibt mir nur, dir mein aufrichtiges Beileid und Gottes reichen Segen auszusprechen. Es ist nun einmal so auf dieser Welt, dass man das Schicksal nicht haftbar machen kann", sagte der Pastor.

„Veranlasst du alles? Der Tischler soll einen ordentlichen Sarg machen, und dann beerdigen wir sie übermorgen." Diese Worte richtete Hermann Alster an den Pastor.

„Übermorgen wird vielleicht etwas knapp. Aber sie kommt erst mal in die Kirche. Da ist es kühl, und dann können wir auch noch einen Tag länger warten."

„Gut! Hauptsache, sie kriegt ein ordentliches Bett für die Ewigkeit."

Jehann stiegen Tränen in die Augen. Mit so etwas hatte er nicht gerechnet. Aber dann erinnerte er sich an das Gespräch, das er gestern mit Hanna geführt hatte, bevor er in seiner Kammer verschwunden war. In ihrer Geheimsprache hatte sie ihm berichtet, dass sie nachts einen schwarz gewandeten Mann erblickt hatte. Dieser Mann trug an einer Kette um den Hals einen großen, grauen Stein und zählte nur rückwärts – immer wieder bei zehn beginnend: „Zehn, neun, acht, sieben, sechs, fünf, vier, drei, zwei, eins. Zehn, neun, acht, sieben, sechs, fünf, vier, drei, zwei, eins …"

Wenn Jehann sie richtig verstanden hatte, wirkte dieser Mann wie ein Wesen, das über der Zeit stand und durch nichts aus der Ruhe zu bringen war. Diese Gestalt hatte sie stark beeindruckt und war ihr nicht mehr aus dem Kopf gegangen.

Jehann hatte schon viele, für andere Menschen merkwürdig klingende Geschichten von Hanna gehört; eine solche Erzählung jedoch noch nie. Und Jetzt lag Hanna leblos auf dem Sofa in der guten Stube!

Als der Pastor vor die Tür ging, entdeckte Hermann Alster endlich den Jungen: „Du dummer Rumtreiber! Nach dir hat sie gerufen, immer wieder nach dir!"

Jetzt rannen die Tränen haltlos über Jehanns Gesicht. Er schluchzte und brachte kein Wort heraus. Was sagte Janne? Alles im Leben sollte seinen Sinn haben? Welchen Sinn konnte schon

Hannas Tod haben? Sie hatte doch niemandem etwas getan!

„Du bist wirklich ein toller Bruder! Lässt Hanna in ihrer letzten Stunde allein! Dafür treibst du es mit einer Schlampe, die wohl in Kürze sagen wird, dass sie ein Balg von dir bekommt!" Hermann polterte immer weiter.

Schließlich brach Jehann zusammen und kauerte sich in die Ecke, in der das Sofa mit Hannas Leichnam stand.

„Hermann, du solltest den Jungen lassen, sonst verlierst du auch noch ihn", sprach der Arzt beschwichtigend und legte seine Hand auf die Schulter des Landwirtes.

„Ist ja gut! Ein Kind zu verlieren, wenn man nur so wenige hat, ist schon schwer", erwiderte Hermann seufzend.

„So ist der Lauf der Natur, Hermann. Hanna war nicht stark genug, um in dieser Welt zu überleben."

Hermann Alster nickte nur wortlos. Obwohl der Tod eines Menschen zu jener Zeit fast alltäglich war, weil Krankheiten und Unfälle überall lauerten, berührte ihn dieser Verlust ganz besonders. Der Tod seines einzigen leiblichen Kindes nagte an seiner Seele wie mit Tausenden winziger Zähne. Schließlich verabschiedeten sich der Arzt und der Pastor. Letzterer legte Hannas Körper auf eine Karre und brachte selbige in den dafür vorgesehenen Kirchenraum. Der Tischler würde noch an diesem Abend Maß nehmen und schnell einen Sarg für sie zimmern.

Hermann Alster und Jehann gingen an diesem Abend wortlos auseinander. Das Undenkbare und doch jederzeit Erwartbare, vielleicht sogar Wahrscheinliche, war geschehen.

Jehann konnte lange nicht einschlafen. Immer, wenn er wegdämmerte, sah er Hanna vor sich. Die eigene Sprache, in der Jehann und Hanna einander verstanden hatten, beruhte auf dem, was das Herz sagt – nicht auf dem, was Zunge und Lippen formulieren. Es waren mehr Laute als Worte – Laute, die mit Gefühlen gespickt waren. Ähnlich dem Jaulen eines Hundes konnte man ermessen, ob Hanna fröhlicher oder trauriger Stimmung war.

Irgendwann in dieser Nacht verfiel Jehann schließlich doch noch in einen unruhigen Schlaf, der sich langsam in sein Bewusstsein schlich. Doch auch im Traum suchte Hanna ihn heim. Und in diesem Traum wandelten sich ihre Äußerungen in Worte. Sie sprach erstmals klar und deutlich zu ihm. Dabei jedoch verblasste ihr Bild mit jedem Wort. So lange, bis sie kaum mehr war als ein fedriger Schemen, den ein imaginärer Wind zu zerreißen drohte. Ihre Stimme klang dumpf und stockend: „Ich bin jetzt in einer besseren Welt – in einer Welt, die mir friedlich erscheint. Du aber musst aufpassen. Die Welt, in der du lebst, ist krank, wird nicht so bleiben, wie sie ist …"

Jehann fragte Hanna, was sie damit meine; sie antwortete jedoch nicht. Jehann schrie, wollte mit ihr reden. Doch ihr Antlitz verblasste zunehmend, bis sie vollständig verschwunden war. Nur ein leises Pfeifen blieb übrig – ein Pfeifen, wie von einem Teekessel.

Nass von Schweiß realisierte Jehann den Vogelgesang vor seinem Fenster, der im Frühling, wenn alles Gefieder umeinander balzte, besonders melodiös war; ein untrügliches Zeichen dafür, dass es Zeit war aufzustehen. Denn ist die Not auch noch so groß, die Kühe molken sich leider nicht von selbst, weder an Feiertagen, noch bei Trauerfällen.

Die Tür zu Hannas Kammer war verschlossen. Er würde Hanna nie wieder vor der offenen Tür sitzen sehen, wenn sie an ihren Teppichen wob. Das wurde Jehann auf einmal schmerzlich bewusst.

In der großen Eingangsdiele begegnete er seinem Ziehvater.

„Der gestrige Tag war schrecklich", sagte Hermann mit einer Stimme, die so knorrig war wie die Borke einer alten Eiche. „Ich hatte mir schon gedacht, dass du wieder bei Janne bist. Aber vergiss nie, wo du herkommst. Ach ja: Und bilde dir nur nicht ein, dass ich euer Balg mit durchfüttere! Der Herrgott hat mir eine Tochter geschenkt und sie wieder zu sich genommen. Nun ist es auch gut. Du wirst den Hof irgendwann kriegen, wenn ich nicht mehr bin. Bis dahin musst du sehen, wie du zurechtkommst. Mehr kann ich nicht tun."

Jehann schluckte; das einzige, was er erwiderte, war: „Das beschnacken wir ein anderes Mal …"

Beide Männer gingen an die Stallarbeit und redeten den ganzen Tag kaum ein Wort. Jehann ahnte, wie es seinem Ziehvater und Freund zumute sein musste. Doch viel geredet wurde auf dem Lande nie über Gefühle.

Die Luft war schwül und trieb den Männern den Schweiß auf die Stirn. Um die Mittagszeit holten sie sich ein Stück Fleisch vom Dorfschlachter.

In der Mittagsstunde lagen sie wach; es wollte sich kein Schlummer einstellen. Bei der anschließenden Arbeit starrten beide nur vor sich hin, jeder Handgriff ging wie mechanisch vor sich.

Als die Kirchturmuhr fünf Mal schlug, erschrak Jehann. Wollte sich Janne heute nicht wieder mit ihm treffen? Was würde sie tun, wenn er nicht zum verabredeten Treffpunkt käme? Würde sie zu ihm nach Hause kommen? Das musste er in jedem Fall verhindern!

Kapitel 3 – Das Mädchen

„Ah, da bist du ja wieder. Ich hab' Hunger, du dummes Gör." Er hob die Hand zum Schlag, doch sie wich ihm aus. „Du sollst mir was zu Essen machen. Und sauber gemacht ist hier auch noch nichts. Wo warst du die ganze Zeit?"

Sie schwieg.

„Ich sage dir eins: Wenn du nicht hörst, verkaufe ich dich an die Zigeuner. Das Geld wird mir mehr bringen, als dich nichtsnutziges Weib durchzufüttern!"

Sie versuchte krampfhaft, die Tränen zurückzuhalten.

Batsch!

Er hatte sie getroffen, mitten ins Gesicht. Jetzt kannten ihre Tränen kein Halten mehr.

„Du dreckiges Miststück! Reiß dich mal zusammen!" Da knallte die nächste Ohrfeige in das wohlgeformte Gesicht.

Mit hochrotem Kopf und glühender Wange wich sie zurück zur Tür.

„Ich habe immer noch Hunger!"

Sie riss ihren Körper herum, stieß die Tür auf, rannte los. In Sicherheit. In Freiheit. Seine Schreie verhallten ungehört.

Doch in ihren Träumen, in ihren Gedanken war er immer da! Vor dem, was sie in ihrem

Kopf quälte, konnte sie nicht fliehen. Oft hatte sie sich gewünscht, einfach ihren Schädel aufmachen zu können und diese Gedanken hinauszulassen. Aber das ging nicht. Immer wieder hörte sie seine Stimme.

„Hast du deine Tage? Du stinkst! Wasch dich! Du bist das allerletzte Miststück!"

Oft, so oft trafen solche Worte sie wie Peitschenhiebe. Und dann, dann machte sie sich häufig zur Eider auf und ließ sich vom wohltuenden Wasser umfangen.

Kapitel 4 – Leben und Tod

„Ich muss nochmal weg." Dieses Mal wollte sich Jehann bei Hermann abmelden.

„Kannst du nicht wenigstens warten, bis sie unter der Erde ist, du geiler Bock?"

Diese Worte trafen Jehann hart. Ohne ein Wort zu erwidern drehte er sich um und ging Richtung Bauernhaus. Dort angekommen, trank er in der Küche erst mal ein großes Glas Milch.

Hanna hatte gesagt, dass sie jetzt in einer besseren Welt sei. Das war doch ein Anlass zur Freude, keiner zur Trauer. So bestand doch eigentlich auch kein Grund, darauf zu verzichten, heute Janne zu treffen.

Hermann Alster betrat nach Jehann die Küche: „Morgen früh gehst du erst noch zum Friseur. So zottelig wirst du Hanna nicht unter die Erde bringen."

Jehann pflichtete ihm im Stillen bei, entgegnete aber nichts. Er trat ins Freie. Das Wetter hatte sich beruhigt; nachdem sich die Spannung in der Luft bei einem der schlimmsten Gewitter der letzten Jahre entladen hatte, schien jetzt wieder die Sonne.

Beruhigte er mit diesen Gedanken nur sein Gewissen? Er wusste es nicht; es war ihm auch egal. Er hörte in sich hinein, um ein Gefühl für die Situation zu bekommen. Schließlich warf er alle Bedenken über Bord und schwang sich auf Hektor. Janne würde ihn sicher schon erwarten.

Doch als sich Jehann dem Platz an der Eider näherte, an dem sie sich die letzten Tage geliebt hatten, konnte er weit und breit keine Janne entdecken. Die Krähen waren zunächst das Einzige, was er hörte. Er traute sich auch nicht, laut nach ihr zu rufen. Tief im Innern focht sein Gewissen mit dem Verantwortungsgefühl, das er immer noch gegenüber Hanna verspürte.

Enttäuscht und auf eine seltsame Art traurig wollte Jehann schon wieder umkehren, als er über der Eider Nebel aufsteigen sah. Solche Wetterschauspiele hatte er schon häufig beobachtet, sie fielen ihm aber erst jetzt auf.

Von Janne weiterhin keine Spur.

Jehann ritt ein Stück des Weges zurück und machte sich Gedanken, wie er wohl Hermann unter die Augen treten sollte. Da sah er Jannes Rad am Wegesrand im Gebüsch liegen – er war sich sicher, dass es ihres war. Es war sehr rostig, und die Schrauben schienen überall locker zu sitzen.

Jehann stieg ab und führte Hektor am Zügel. Aus den Augenwinkeln nahm er wahr, wie sich ein großer Schatten schnell entfernte. Jetzt hörte er ein Wimmern, welches aus dem Dickicht zu ihm drang.

Er band Hektor an den nächstbesten Baum, dann stürzte er sich in das Unterholz. Was sollte er tun, wenn er sie hier nicht fand? Doch seine Sorge war überflüssig; schon ein paar Meter weiter sah er Janne vor sich, vollkommen nackt und mit Dreck beschmiert.

„Was ist geschehen?"

Janne stammelte nur: „Er hat mich einfach vom Fahrrad gerissen und ..." Sie schluchzte.

„Wer ist er? Und was hat er mit dir gemacht?"

„Ich weiß nicht genau, wer es war. Er sprang mir auf den Rücken und zog mich ins Gebüsch. Was er mit mir gemacht hat, siehst du ja."

Das sah er wohl. Ihre Kleider waren zerrissen und, soweit er sehen konnte, überzogen blutige Schrammen Jannes Körper.

Unwillkürlich musste Jehann an die Worte denken, die Hanna in seinem Traum letzte Nacht zu ihm gesagt hatte. Diese Welt sei krank, er solle aufpassen. Ob sie wohl auch so etwas damit gemeint hatte?

Mühsam richtete Janne sich auf und suchte ihre Kleidungsstücke zusammen, die ringsherum verteilt lagen. Die meisten davon waren zerrissen. Sie versuchte, sich trotzdem bestmöglich wieder zu bekleiden.

„Wir sollten sofort zur Polizei gehen", bestimmte Jehann. Er dachte an den Dorfpolizisten – Hans Meier – ein etwa 30 Jahre alter

Hüne mit breiten Schultern und einem dunklen Schnurrbart.

„Polizei?" Janne schien erschrocken zu sein. „Das ist mir zu peinlich."

„Aber jemand muss dafür bezahlen, was er dir angetan hat."

„Nein! Nein, um Himmels willen! Die Kratzer heilen schon wieder, und ein Kind wird er mir wohl auch nicht reingetan haben."

Jehann spürte, dass es falsch war, diesen schrecklichen Vorgang nicht zu melden. Aber was sollte er tun? Wenn Janne nicht wollte …

„Na gut, du musst es wissen", seufzte er schließlich. Die Sorgen um sie aber nagten weiter an ihm.

„Meine Sachen wird mir mein Vater schon wieder zurechtmachen. Ich sage ihm einfach, ich bin vom Rad gefallen."

In übertragenem Sinne stimmte das wohl auch. Nach dieser Gewalttat war an die süßen Aktivitäten der Vortage natürlich nicht mehr zu denken. Janne wollte nun auch nach Hause. Ihr Fahrrad war nicht mehr fahrtauglich, sodass Jehann und Janne mühevoll beide einen Platz auf dem muskulösen Rücken des Pferdes einnahmen.

Sie ritten langsam, um guten Halt zu haben. Janne wimmerte immer wieder leise, wenn Hektor einen Huf aufsetzte. Die Erschütterung ließ sie die Schmerzen jedes Mal nur noch deutlicher spüren. Das Fahrrad würde sie später holen und hoffen, dass es der Vater reparieren konnte.

Noch immer waren Fahrrad oder Pferd wichtige Verkehrs- und Transportmittel. Die Bahn fuhr zwar auch die einzelnen Dörfer an, doch war der Fahrpreis sehr hoch.

Jehann begleitete Janne nach Hause. Ihr Vater war noch nicht da. Janne wusste nicht, ob sie darüber erleichtert oder enttäuscht sein sollte. Die Ereignisse des Tages machten ihr zu schaffen. Auf der einen Seite wollte ihr nicht so recht einfallen, wie sie ihrem Vater von diesem schrecklichen Erlebnis berichten sollte. Und andererseits wusste sie auch nicht, wie sie Jehanns Anwesenheit erklären sollte – ihr Vater kannte ihn ja nicht einmal. Daher bat sie Jehann dann auch zu gehen.

Betrübt und nach wie vor unsicher machte sich Jehann auf seinen Heimweg. Er sorgte sich um Janne, mochte sie ungern in diesem Zustand allein zurücklassen. Und ihm war angst und bange vor der Begegnung mit Hermann Alster.

Daheim angekommen, erwartete ihn jedoch kein zorniger Vater; ganz im Gegenteil. Der Hof lag in vollkommener Stille im rötlichen Licht der fast vollständig untergegangenen Sonne. Als Jehann in die Diele trat, war ihm, als wankte der

Boden unter seinen Füßen. Etwas Unheimliches, Leises und Drohendes Lag in der Luft. Er betrat die Wohnstube – weiterhin keine Spur von Hermann Alster. Doch da – ein Knarren über seinem Kopf. Genau da, wo Hannas Kammer lag!

Sie war doch … sie war – ja, sie war tot! War ihr Geist zurückgekehrt und spukte nun da oben herum? Aber nein, das war doch Unsinn!

Wirklich?

Hatte man nicht schon des Öfteren von lebenden Toten gehört? Und überhaupt, was hatte sein Traum in der letzten Nacht zu bedeuten? Da war Hanna ihm doch klar erschienen, hatte mit ihm gesprochen …

Jehann spürte, wie sich die feinen Härchen an seinen Armen aufstellten. Ihn fröstelte.

Leise und mit einem mulmigen Gefühl wie von einem glühenden Stück Kohle im Bauch schlich er die steile Treppe hinauf.

Die Tür zu Hannas Stube stand offen. Jehanns Herz begann, ihm bis zum Hals zu pochen. Vorsichtig, ganz vorsichtig näherte er sich dem kleinen Raum. Würde er gleich dem Anblick der Vergänglichkeit gegenüberstehen?

Aber als er vor der geöffneten Tür stand, sah er keinen Geist, sondern Hermann Alster. Doch wie war dieser Baum von einem Mann in sich zusammen gesunken, wie hatte ihn das Schicksal gebrochen!

Hermann kniete vor Hannas Bett und faltete eines der Tücher, die sie stets bei sich getragen hatte. Wieder und wieder faltete er es, zerknitterte es zwischen seinen Händen, breitete es aus, glättete es und faltete es erneut. Dabei bebte sein gekrümmt da hockender Leib, seine Schultern schienen schmaler geworden zu sein, an Substanz verloren zu haben. Immer wieder schluchzte er, dass es Jehann fast das Herz vor Mitleid zerriss.

Plötzlich blickte Hermann auf und sagte mit schluchzender Stimme, die gar nicht zu ihm passen mochte: „Das soll sie mithaben!"

Vorsichtig betrat Jehann die Kammer und schritt zu seinem väterlichen Freund. Die Augen des Bauern waren wie entzündet und wässrig, sein Gesicht eine einzige rot geränderte Fläche. Die Tränen schossen wie ein Fluss aus Schmerz und Hilflosigkeit auf den dünnen, weißen Stoff des Bettzeugs.

Jehann legte Hermann die Hand auf die Schulter, einen Moment herrschte Stille.

Dann aber schien Hermann Alster sich zusammenzureißen. Mit leiser, kratzender Stimme fragte er: „Na, hattest du deinen Spaß?"

Jehann erstarrte. Das schlechte Gewissen, das vorhin noch mit der Erinnerung an die nächtliche Begegnung mit Hanna gerungen hatte, gewann jetzt vollkommen die Oberhand. Er hatte nicht die Kraft zu antworten, nur ein leises Schluchzen drang aus seiner Kehle. Darüber, dass es heute wahrhaft kein Spaß gewesen war, den er mit Janne hatte, konnte und wollte er jetzt nicht reden.

Glücklicherweise ließ Hermann die Sache auf sich beruhen und wechselte das Thema: „Übermorgen ist ihre Beerdigung. Hast du denn schon zumindest Abschied von ihr genommen?"

„Ich war heute bei ihr. Sie liegt sehr friedlich da. Als würde sie träumen, wie sie es so häufig getan hat. Nur, sie spricht nicht mehr, gibt keinen Laut von sich."

„Oben im Dorf ist die Kleine von Tiessen gestern auch gestorben – Scharlach. Die wird übermorgen dann gleich nach Hanna vergraben. Im Moment hält es auf die jungen Leute hier im Dorf." Hermann Alster sprach zunehmend zu sich selbst und immer weniger an Jehann gewandt.

Unwillkürlich musste Jehann an Janne denken, wie sie heute Nachmittag vergewaltigt worden war. Ja, auf die jungen Leute hielt es; das stand außer Frage. Aber Dinge wie Scharlach oder andere Krankheiten waren beileibe nicht selten.

Hermann hatte sich mittlerweile auf das Bett gesetzt und murmelte weiter vor sich hin: „Die jungen Leute, auf die Jungen hält es im Moment ganz extrem ..."

Jehann schlich geknickt und ebenfalls mit Tränen in den Augen aus dem Zimmer. Es tat ihm weh, seinen Mentor und Freund so leiden zu sehen.

Unschlüssig, was er jetzt tun sollte, legte er sich in sein Bett und starrte die hölzerne Decke an. Hermanns Flüstern drang nur noch in Wortfetzen zu ihm herüber: „Mijn Dirn, mijn Dirn …"

Jehann kam ein Gedicht in den Sinn, welches er in seinem letzten Schuljahr von seinem Lehrer gelernt hatte:

Leg Dich nicht mit dem Schicksal an,
weil es Dich stets besiegen kann
Die Zeit wird Dich schon bald entführen,
Du wirst Dein Herz im Sturm verlieren

Warum ihm gerade in diesem Moment dieses Gedicht in den Sinn kam, vermochte er nicht zu sagen. Jedoch stand für ihn fest, dass das Leben weitergehen würde – auch ohne Hanna. Vielleicht war es gerade dieser Gedanke, den ihm sein damaliger Lehrer, Herr Reimann, mit auf den Weg geben wollte. Es hatte keinen Wert, sich gegen unveränderbare Gegebenheiten zu sträuben. Doch so wahr diese Weisheit auch war; sie zu akzeptieren fiel schwer. Und doch würde er sie akzeptieren, akzeptieren müssen.

In dieser Nacht hörte Jehann Schritte auf dem Flur. Es waren langsame, schwere, manchmal schlurfende Schritte. Quirtsch, tock; quirtsch, tock …

Jehann sprang aus seinem Bett und öffnete die Kammertür – überrascht und ein wenig erschrocken erblickte er Hermann. Wie bewusstlos, mit geschlossenen Augen, den eigenen Körper schlaff und eingefallen wie einen Mehlsack gleichsam hinter sich her schleifend, torkelte er über die Holzdielen. Quirtsch, tock; quirtsch, tock …

Behutsam legte ihm Jehann eine Hand auf die Schulter. Hermann murmelte etwas; Jehann verstand es nicht. Voller Sorge brachte er seinen väterlichen Freund ins Bett zurück. Jehann hatte schon von Nachtwandlern gehört; so jemanden jedoch leibhaftig zu begegnen, erschreckte ihn zutiefst. Daher traute er sich auch nicht, Hermann am nächsten Morgen darauf anzusprechen.

Als der Tag gekommen war, an dem man Hanna der Erde übergeben wollte, beobachtete Jehann an seinem Ziehvater ein starkes Zittern. Er schien kaum noch Kraft zu haben, die Arbeit zu bewältigen.

Das erste Mal in seinem Leben hatte Jehann Angst – Angst vor der Zukunft, Angst davor, später einmal zu versagen, wenn er den Hof allein bewirtschaften musste. Die Trauer um Hanna trat vollkommen in den Hintergrund. Ja, beinahe schien es ihm, als gebe es gar keinen Grund zu trauern; hatte sie nicht im Traum zu ihm gesprochen, ihm gesagt, dass es ihr gutginge?

Einzig dem Friseur stattete Jehann am Morgen des Beerdigungstages noch einen Besuch ab. Mit ihm waren einige alte Weiber in der Stube, die ihm überschwänglich ihr Beileid aussprachen. Jehann erwiderte nichts.

Als sie die Kirche betraten, in der Hanna bereits in ihrem Sarg lag und mit einer weißen Bluse und einem weißen Kleid angetan war, schloss Hermann Alster seine Augen. Er war nicht in der Lage, auch nur ein Lied mitzusingen oder ein Gebet zu sprechen.

Jehann hingegen überwand sich und konnte sogar die Beileidsbekundungen der knapp zwanzig Gäste entgegennehmen. Hanna hatte außerhalb der Familie keine Freunde gehabt. Wie auch? Sie hatte ja den ganzen Tag nur in ihrem Zimmer gesessen. Diejenigen, die gekommen waren, waren wegen Hermann Alster und Jehann gekommen.

In stiller Verbundenheit nahm Jehann Abschied von dem Mädchen, dem er sich zu Lebzeiten so verbunden fühlte. Er stellte sich vor den Sarg und sprach zu ihr in ihrer ganz eigenen Sprache. Was die Leute ringsherum dachten, war ihm egal.

Nach der Totenmesse in der Kirche löste sich die Trauergemeinde fast auf. Am Grab sprach der Pastor mit den zehn verbliebenen Gästen noch ein Vaterunser, dann wurde der Sarg in die Grube herabgelassen, die der Dorfarbeiter tags zuvor ausgehoben hatte. Als die hölzerne Truhe endlich auf dem Grund des Bodens angelangt war, stiegen Jehann die Tränen in die Augen. Die Endgültigkeit dieses Moments übermannte ihn.

Als der Pastor zu ihm trat und ihm vom ewigen Leben erzählte, das Jesus Christus für die Menschen erreicht hatte, musste er hingegen wieder an den Traum denken: „Ich bin jetzt in einer Welt, die mir friedlich erscheint. Deine Welt ist krank …"

Seine Gedanken klärten sich. Auf dem Weg zum Hof fühlte Jehann sich besser, und auch Hermann sprach wieder: „Die Ewigkeit – wo fängt sie an? Wo hört sie auf?"

Dieser Satz galt wohl noch mehr ihm selbst, kurze Zeit später aber begann er mit Jehann über die anstehenden Zimmerarbeiten am Stall zu reden. Von Hanna wurde an diesem Tag nicht mehr gesprochen.

So gingen die Tage ins Land. Bald schon nahmen Jehann und Janne ihre abendlichen Treffen wieder auf. Die Kratzer an ihrem Hals und ihren Beinen hatten böse ausgesehen. Jetzt aber waren sie schon fast wieder verheilt. Beinahe hätte man glauben können, es sei niemals etwas geschehen. Wären da nicht die Albträume gewesen, von denen Janne Nacht für Nacht heimgesucht wurde. Davon jedoch erzählte sie niemandem etwas. Vielleicht ahnte sie zu jener Zeit bereits, was Jehann erst später – viel zu spät – erfahren sollte …

Janne hatte ihrem Vater von dem Unglück berichtet und keine Einzelheit verschwiegen. Doch auch der alte Jörgens machte keine Anstalten, die Polizei zu informieren, sie selbst weigerte sich ebenfalls beharrlich, das Schreckliche zur Anzeige zu bringen. Niemand schien Janne davon überzeugen zu können, dass die Vergewaltigung unbedingt der Polizei gemeldet werden musste. Jehann verstand es nicht, aber er nahm es hin. Eine andere Möglichkeit hatte er nicht.

Das Wetter war für den Frühling weiterhin sehr warm. Zunächst war es Janne noch unheimlich, an den Ort zurückzukehren, an welchem sie so schändlich missbraucht wurde. Doch nach einiger Zeit normalisierte sich ihre Stimmung. Sie genossen die Zweisamkeit in vollen Zügen. Die Sonne beschien das junge Paar, und die Vögel sangen immer schönere Lieder.

Hermann Alster, der nach Hannas Tod sehr viel verschlossener geworden war, gab es auf, den Jungen davon abzuhalten, allabendlich zur Eider aufzubrechen.

Längst ging es zwischen Jehann und Janne nicht mehr nur um die körperliche Zuneigung. Vielmehr unterhielten sich die beiden über viele Dinge wie die Natur, welche Länder sie einst bereisen wollten und vieles mehr.

Jehann fand Janne sehr klug, er bewunderte ihr Wissen. Er selbst war nur bis zu seinem dreizehnten Lebensjahr zur Schule gegangen. Anschließend wurde er mit einer Sondererlaubnis, die Hermann Alster beantragt hatte, entlassen. So konnte Jehann sich ausschließlich auf die Hofarbeit konzentrieren. Den Lehrern war es nur recht. Des Öfteren hatten sie sich nicht zu helfen gewusst, wenn Jehann seine Tobsuchtsanfälle bekommen hatte.

Niemand wusste genau, woher diese Anfälle kamen. Denn eigentlich war Jehann ein sanfter und gutmütiger Junge, der nicht nur bei Hanna ein großes Maß an Einfühlungsvermögen bewies. Durch die Arbeit auf dem Hof hatte er eine beachtliche körperliche Kraft entwickelt, gegen die seine Lehrer nicht ankamen.

Hatte er mal wieder mit einem der Lehrer Streit, hatte er sich gar drohend vor ihm aufgebaut und die Fäuste geballt oder geschrien, so ließ Hermann ihn dann stets bei Wind und Wetter die Nächte im Stall verbringen. Dort konnte er sich an Futtersäcken und dem Schraubstock abreagieren.

„Wer sich benimmt wie ein Tier, soll auch hausen wie ein Tier", war die Devise Hermann Alsters.

Nach ein paar Nächten im Stall sprachen Hermann und Jehann dann immer miteinander, als ob nichts gewesen wäre.

Freunde hatte Jehann nie gehabt. Von gleichaltrigen Kindern wurde er meist nur verspottet als „Der, der von der Hütte kam". Tagsüber war er nach Schulschluss daher nur auf dem Hof und im Stall, andere Kontakte als die zu seiner Familie mied er. Zu Hause war natürlich Hanna, mit der man aber keine vernünftige Konversation hatte betreiben können. Des Abends saß er mit Hermann in der Stube, dann redeten sie über die Dinge, die Hermann aus der Zeitung wusste. Die lag jeden Tag beim Schlachter aus, und man konnte sie für ein paar Pfennige mitnehmen. Und einmal in der Woche ging Hermann in den Kroog, wo er die neuen Preise und Gesetze in der Landwirtschaft diskutierte und später mit dem Jungen besprach. Ansonsten wurde die Arbeit auf dem Hof mit Jehann geplant. Wann sollte gesät werden? Wann sollte man die Tiere verkaufen? Wie würden sich die Preise für Futter und Fleisch entwickeln? So war das damals.

Bei Janne fühlte Jehann sich ruhig und auf eine seltsame Art in Sicherheit. Sie lachte ihn nicht aus, er hatte keinen Grund, die Fäuste zu ballen. Es gab nur das Frühjahr und die Natur und sie beide.

Trotz dieser munteren Stimmung wurde Jehann das Gefühl nicht los, dass Janne ihm etwas verschwieg. Er wusste, dass ihre Mutter früh gestorben war und sie seitdem mit ihrem Vater allein lebte. Mehr erfuhr er über ihre Familie nicht.

Die Treffen mit Janne wurden zu einer Art Routine, die Jehann sehr guttat. Die Tage wurden wärmer und länger, und die Natur erwachte allerorten mehr und mehr. Alles hätte gut sein können, und mehr als einmal wünschte Jehann sich, die Zeit möge einfach stillstehen, damit sie nicht verloren ginge.

Eines Abends jedoch schien Janne sehr verstört zu sein. Völlig unvermittelt bat sie Jehann, sie am nächsten Tag bei sich zu Hause besuchen zu kommen. Ihr Vater sollte ihn endlich kennenlernen.

Jehann sträubte sich anfangs; wusste er doch nicht, was ihr Vater sagen würde, dass sie ihn erst jetzt präsentierte. Aber länger abzuwarten machte die Sache sicher nicht einfacher.

Diese überraschende Einladung brachte seine allzu bekannte Unruhe zurück wie einen Gast, den man eigentlich nicht im Hause haben wollte. Wie konnte ihn dieses Mädchen derart aus der Fassung bringen? Jehann hatte von Hermann

Alster ansonsten die kühle, geschäftsmäßige Art gelernt, die ihm einstmals helfen sollte, den Hof zu führen. War es ihre Stimme? War es ihr Aussehen? Jehann hatte sich bisher noch nicht sonderlich für Mädchen interessiert. Nachdem Hermann Alster ihn mit Hanna im Stroh erwischt hatte, hatte er immer ein schlechtes Gewissen bekommen, wenn er an Zärtlichkeiten dachte. Auf dem Hof zählte nur die Arbeit. Aber mit den Tieren war es doch ganz genauso. Kaum nahte das Frühjahr, war mit ihnen nichts mehr anzufangen. Die Liebe ist ein Naturrecht, dachte Jehann so bei sich.

Nach dem Mittagessen, das aus einem großen Stück Schweinefleisch und einer Milchsuppe bestand, gesellten sich zur inneren Unruhe Jehanns, die er vor dem Zusammentreffen mit Jannes Vater extrem verspürte, auch noch Bauchschmerzen. Diese versuchte er mit der Geheimmedizin von Hermann Alster zu bekämpfen: einem großen Schluck aus der Flasche mit einem Schnaps, von dem niemand wusste, wo er genau herkam. Jeder, der im Hause Alster Magenprobleme hatte, bekam von diesem Gesöff.

Schon nach dem ersten Schluck meinte Jehann, die hellbraune Flüssigkeit würde ihm den Hals wegbrennen. Hinterher hatte er aber tatsächlich keine Beschwerden mehr. Dafür aber gewann die Aufregung wieder die Oberhand.

8. Juni, Marktplatz Heide

Eine große Menschenmenge drängte sich auf dem großen Marktplatz direkt um das Redner-pult, auf dem oben ein junger, kräftiger Mann mit entschlossenem Blick und kurzem blonden Haar stand. In der Hand hielt er einen Zettel, auf dem er sich ein paar Stichworte notiert hatte.

Eine junge Frau sagte zu ihrem Kind, das sie in einem Tragetuch vor der Brust trug: „Schau dir den Mann gut an. Er wird uns helfen. Irgend-wann werden wir nicht mehr betteln müssen."

„Seine Eltern sind ja schon lange weg – bei seinem Großvater ist er aufgewachsen", flüsterte eine ältere Frau ihrem Mann zu.

„Ja, und keiner weiß genau, woher seine El-tern gekommen waren", gab der Mann genauso leise zurück. „Die Redder stammen doch aus Dellstedt, oder?"

„Oder aus Rendsburg", schaltete sich eine wei-tere Frau ein.

Der junge Mann stand weiter mit wachem Blick auf der kleinen Bühne. Langsam entwi-ckelte sich ein Gemurmel in der Menschen-menge. Vom Mann auf der Bühne war weiter nichts zu hören. Als das Getuschel drohte, zum Gejohle auszuarten, ertönte seine laute und fes-te Stimme vom Pult: „Ihr habt euch schon lange

74

unter Wert verkauft; seid nur Handlanger derjenigen, die den Hals nicht vollkriegen können! Wie im alten Rom seid ihr nur zum Vergnügen der Herren da!"

Spontaner Applaus brandete auf.

„Wir sind ein Land von Menschen, nicht von Sklaven!"

„Sehr richtig!", tönte es aus der Menge.

„Als Dithmarscher sind wir spätestens seit 1500 freie Menschen!"

Ein Chor von Jubelgeschrei schwoll an, wurde lauter, toste bald wie eine Woge durch die Stadt. Hugo Redder, der Sohn eines Bäckermeisters aus dem nahe gelegenen Lieth, schien sich in seiner Rolle zu gefallen. Seine vor Kraft nur so strotzende Rede begeisterte die etwa fünfhundert Zuhörer.

„Der Kaiser kann uns hier nichts anhaben! Dann sollen es die Freunde des Großkapitals auch nicht. Dithmarscher! Ich bin sicher, dass, wenn Worte nichts helfen, wir unsere Fäuste werden sprechen lassen müssen!"

Jetzt war das Publikum gänzlich aus der Fassung geraten. Es tönte „Hugo, Hugo, Hugo."

Nur ganz am Rande schrie ein älterer Mann mit hochrotem Kopf: „Sup di vul un fret di dick, un hol dat Muhl von Politik."

8. Juni, Wrohm, Alster'scher Hof

Die Kirchturmuhr schlug sechs, endlich war es soweit. Jehann konnte sich auf den Weg zu Jannes Haus machen. Heute wollte ihr Vater früher aus dem Geschäft zurückkommen. Es war momentan nicht viel zu tun, wie Janne ihm tags zuvor gesagt hatte.

Je näher die Begegnung mit ihrem Vater rückte, desto ruhiger wurde Jehann. Er würde es ohnehin nicht mehr umgehen können. Drei Monate mit Janne zusammen zu sein, ohne ihren Vater kennengelernt zu haben, war eine zu lange Zeit.

Dieses Mal lieh sich Jehann das Fahrrad Hermann Alsters. Mit Hektor wollte er nicht gleich dort auftauchen. Ein Mann zu Pferd stieß hier und da auf scheele Blicke. Schließlich radelte er die acht Kilometer nach Tellingstedt so entspannt, dass es ihn selbst überraschte. Der Gesang der Vögel fiel ihm ebenso auf wie die drückende Luft und der Duft des frisch gemähten Grases.

Hinter der Ortsgrenze zu Tellingstedt begann sein Herz schneller zu schlagen. Das Haus von Jannes Vater lag unweit des Ortseingangs. Als er sich der Holzkate näherte, fiel sein Blick sofort auf einen auffallend hässlichen, gebeugten

Mann im mittleren Alter. Sein Haar war ihm bis auf ein schmutzig-graues Büschel über der Stirn ausgefallen. Sein Gesicht erinnerte an das einer Ziege: Es lief vorne spitz zu und wurde am Kinn von einem ungepflegten Bärtchen abgeschlossen. Auf der Stirn zeichneten sich kleine Hügel ab, als ob daraus einstmals Hörner werden sollten. Er lehnte neben der Eingangstür vom Jörgens'schen Häuschen und rauchte eine Zigarette. Ein magerer grauer Hund war zwei Meter neben ihn an einen Balken gebunden.

Zum Glück war nicht weit entfernt von dem Männchen die hübsche Gestalt Jannes zu erblicken. Sie schnitt die Hecke, die das Grundstück umgab.

Jehann fuhr auf sie zu. Als sie ihn kommen sah, hellte ein Strahlen ihr Gesicht auf. Sofort ließ sie die Schere fallen und lief auf ihn zu: „Schön, dass du da bist. Endlich lernst du meinen Vater kennen. Dann können wir uns öfter und unkomplizierter sehen!"

„Ja, das wäre schön. Auf deinen Vater bin ich auch gespannt. Wo ist er denn?", gab Jehann erleichtert zurück.

„Dann komm", juchzte Janne wie von kindlicher Freude erfüllt.

Jehann stellte das Rad ab, Janne zog ihn stürmisch am Arm und lief mit ihm schnurstracks in

Richtung Haus. Kurz bevor sie die Eingangstür erreicht hatten, wurde sie jedoch langsamer, setzte die Füße behutsamer auf den Boden, als wolle sie schleichen. Es schien, als ob sie es sich im letzten Moment doch noch überlegen wollte, mit Jehann weiter zu gehen. Doch dann deutete sie auf das Männlein, welches gerade die Zigarette mit einer wütenden Geste austrat: „Das ist mein Vater."

Jehann stockte der Atem. Damit hatte er nicht gerechnet. Nein, wahrlich, so jemanden hatte er nicht erwartet. Wie konnte ein so hässlicher, boshaft dreinblickender Mann eine derart schöne Tochter haben?

Dieser Gedanke war kaum zu Ende gedacht, da hörte Jehann das Männlein sprechen. Seine Stimme war hoch, quäkend und erinnerte Jehann, genau wie sein Äußeres, an eine Ziege: „Na, du musst Jehann sein. Du bist also der, der es meiner Tochter besorgt. Mich lässt sie ja nicht ran."

Schien es gerade noch so, als wäre Janne von kindlicher Freude erfüllt, so machte sie jetzt den Eindruck, als hätte man ihr einen Peitschenhieb versetzt. Geduckt und mit hängenden Schultern blickte sie zu Boden. Jehann ging es ähnlich.

„Ja, seit ihre Mutter tot ist, hab' ich keine Frau mehr gehabt, und für eine Hure reicht das Geld nicht. Dann ist es doch nicht zu viel verlangt, wenn sie für ihren alten Herrn mal die Beine breitmacht. Ich füttere sie schließlich durch …" Die keifende Stimme des Männleins überschlug sich fast. „Dieses Flittchen. Dass man sie letztens an der Eider hergenommen hat, geschieht ihr ganz recht, dummes Ding. Sie könnte auch Geld damit verdienen! Ich muss ja nicht der Einzige sein, der hier schuftet!"

Jehann war hin- und hergerissen. Was sollte er jetzt tun? Sollte er auf das Männlein losgehen? Sollte er Janne an sich ziehen und weglaufen? Eines stand für ihn zumindest fest: Hier konnte sie nicht bleiben!

8. Juni 1914, Sarajevo, Bosnien, Königreich Serbien

Noch immer staunte Joran Isivic über das Treiben rund um die Taverne, in der er gerade die letzten Tropfen seines Weines trank. Seit zwei Wochen war der Bauernsohn nun in Sarajevo, doch an all den Lärm und die Enge und das unüberschaubare Wirrwarr der Stadt hatte er sich noch immer nicht gewöhnt. „So viele Menschen", murmelte er in sein Glas hinein. „Und trotzdem bin ich einsam. Außer meinem Zimmer und ein paar Dinar habe ich nichts."

Drei Wochen war es her, seit er sein Heimatdorf verlassen musste, denn der Hof, den er von seinen Eltern geerbt hatte, warf zu wenig ab. Es reichte einfach nicht zum Leben, nicht einmal für ihn – eine Person allein!

Das Dorf Godinja an der Quelle des Flusses Elejznica hatte eigentlich die besten Voraussetzungen, um wohlhabend zu sein. Es gab – außer in sehr heißen Sommern – genügend Wasser, der Boden war fruchtbar, und im Fluss wimmelte es von Fischen. Diese Dinge allein hätten Joran und seiner Familie schon ein sorgenfreies Leben bescheren können. Wäre da nicht diese Seuche gewesen, die schnell unter dem Namen „Schüttelfieber" bekannt wurde; diese Seuche, die zuerst die Tiere und dann die Hälfte der Dorfbevölkerung dahingerafft hatte.

Zu Beginn schwitzte man nur am ganzen Körper. Dann stieg das Fieber. Nach wenigen Tagen wechselte sich die verzehrende Hitze mit stundenlangen Frostattacken selbst bei höchsten Temperaturen ab.

Auch Joran hatte geschwitzt und gefroren, und er war sich sicher gewesen, genau wie seine drei Brüder und sein Vater sterben zu müssen. Doch als er nach drei Wochen immer noch nicht aufhören wollte zu atmen, besserte sich sein Zustand langsam. Er bekam wieder Hunger, hätte ein ganzes Pferd verschlingen können. Nur – da war nichts mehr zum Verschlingen.

Die Mutter allein brachte zwar hin und wieder einen Fisch mit nach Hause, doch war der Sommer trocken gewesen, und so waren nicht nur der Fluss, sondern auch die Felder vollkommen ausgetrocknet. Die Tiere waren schon längst dem Schüttelfieber zum Opfer gefallen, ihre Kadaver lagen jetzt noch stinkend in der prallen Sonne. Dann wurde auch Jorans Mutter eines Tages krank. Sie bekam gar nicht erst Fieber, sondern fing sofort mit dem Frieren an. Drei Tage später schloss sie für immer die Augen.

An diesem Tag blickte Joran lange auf die Felder, die sich kilometerweit um das Haus erstreckten, in welchem Joran jetzt schon 23 Jahre gelebt hatte. Er blinzelte in die untergehende Sonne und dachte: „Warum wachsen Pflanzen, welche Kraft steckt dahinter? Wer steuert die Natur – und warum steuert er sie jetzt gerade so schlecht?"

Joran sah keine andere Möglichkeit, als diese Gegend, die ihm so lieb und teuer war, zu verlassen – seine Heimat, in der er eine Familie hatte gründen wollen, glücklich leben und zufrieden sein. So war das Letzte, was er tun konnte, seiner Mutter ein halbwegs anständiges Begräbnis zu gewähren. Wegen der hohen Opferzahlen der Seuche waren Geistliche kaum mehr in der Lage dazu; selbst hub er die Grube aus, selbst sprach er leise die Worte aus der Heiligen Schrift, die seine Mutter ihn einst gelehrt hatte …

Manche Dinge hatten sich seit 1908, als die Österreichisch-Ungarische Monarchie Bosnien-Herzegowina annektierte, eben doch nicht verbessert. Eigentlich hatte sich nichts verbessert, zumindest nicht für Joran und seine Familie, von der er jetzt als einziger übrig geblieben war.

Nachdenklich starrte er in sein längst leeres Glas. Das Geld würde vielleicht noch für eine Woche reichen. Was dann?

Er schreckte auf, als er auf seiner linken Schulter unvermittelt eine Hand spürte. „Hast du schon die Zeitung von heute gelesen?"

Joran drehte sich verlegen um und erblickte eine junge Frau von kräftiger Statur, die eine Zeitung in der linken Hand hielt. Dass Joran nicht lesen konnte, wusste sie wohl nicht. Woher auch?

„Nein, steht da drin, wo man hier Arbeit findet?" Sein Gesichtsausdruck wurde noch verlegener, und er errötete.

Die junge Frau blickte ihn fast verärgert an: „Hast du keine anderen Probleme? Es geht um unser Volk, um die Zukunft von uns allen."

Joran ging es an erster Stelle um seine eigene Zukunft, aber das konnte er ihr wohl schlecht vermitteln. Seine Heimat gab es nicht mehr, das Schüttelfieber hatte alle Menschen, die ihm wichtig waren, ausgelöscht. Die Seuche würde wahrscheinlich das ganze Dorf dahinraffen.

„Was steht denn drin?"

„Na, du bist mir einer! Die Besatzer wollen jetzt unsere Schulbücher umschreiben. Lies doch selbst, die ganze Zeitung ist voll davon. Nicht mehr die slawische Geschichte, nur noch die Geschichte der Habsburger soll in der letzten Klasse der Oberschule gelehrt werden!"

Joran hatte nie eine Schule besucht. Alles, was er brauchte, hatte er von seinem Vater und vom Großvater gelernt, die sehr tüchtige Bauern gewesen waren.

„Damit löschen die Besatzer das Gedächtnis einer ganzen Nation aus!"

„Aber, wenn du dich doch noch erinnerst …", wagte Joran zaghaft einzuwerfen.

„Die Frage ist doch, ob sich meine Kinder noch daran erinnern können werden, und wie sich die Lehrerausbildung ändert!"

Joran interessierten diese Dinge nicht. Für ihn zählte nur die Möglichkeit, körperlich anzupacken und dafür Geld zu bekommen.

„Du bist wohl nicht von hier", murmelte die Frau, jetzt merklich abweisender.

„Was steht denn da?" Joran zeigte mit seinem Finger auf ein großes Plakat neben der Tür mit einem hellroten Schriftzug.

„Kannst du etwa auch nicht lesen?" Die junge Frau schien regelrecht entsetzt. „Unser schönes Land geht wirklich vor die Hunde!"

Jetzt wurde Joran zornig: „Lesen!", sagte er laut, „wozu soll das nütze sein? Glaubst du etwa, man kann Bücher essen? Man braucht vor allem Leute, die auf dem Feld arbeiten!"

Jetzt lächelte die junge Frau milder: „Du kommst also vom Land? Natürlich brauchen wir gute Feldarbeiter, aber auch die dürfen lesen und schreiben können. Übrigens, falls es dich interessiert: Das Plakat ist für Frauen, die keine Kinder haben wollen. Hier arbeitet einmal in der Woche ein Arzt, der die Frauen behandelt und berät."

Bei diesen Worten strich sich die Frau mit einer Hand zart über den Bauch.

„Frauen und keine Kinder – so etwas gibt es?", war Joran erstaunt.

„Die Frauen von heute wollen auch arbeiten und sich nicht nur um den Nachwuchs kümmern. Wozu studiert man sonst? Ich bin übrigens Dina und ich möchte Lehrerin werden."

„Ich bin Joran und komme aus Godinja", erwiderte er etwas zu laut.

Jetzt streckte Dina ihm die Hand entgegen: „Also tatsächlich vom Land." Sie lachte. „Bald wird man auch auf dem Land zur Schule gehen müssen."

„Und was haben deine Besatzer damit zu tun?", fragte Joran naiv.

„Die sorgen dafür, dass auch ihr Bauern Bildung eingebläut bekommt. Das ist dann aber auch alles! Aber um welchen Preis! Jetzt machen die Österreich-Ungarn-Besatzer dieses Manöver. Ich fasse es wirklich nicht! Was haben die vor?"

Die junge Frau schnaubte geradezu vor Wut. Joran verstand nicht: Wie konnte man sich darum sorgen, was die Kinder einst in der Schule lernen würden und selbst gar keine Kinder bekommen wollen? Er grübelte vor sich hin und bemerkte nichts von dem Treiben um sich herum und welche Gäste sonst noch im Lokal waren.

„Dina, wo bleibst du? Gleich hast du deinen Termin!"

Von einem Tisch weit hinten im Raum erhob sich ein breitschultriger Mann, vielleicht 20 Jahre alt, mit tiefschwarzem, kurzem Haar. Mit feurigen Augen blickte zu Dina.

Joran erschrak aufgrund des rauen Tons und des militärischen Aussehens des jungen Mannes.

„Das ist Ivica. Er ist mein Freund!"

Mit ein paar schnellen Schritten war Ivica bei ihnen. Besitzergreifend legte er den Arm, der in einer grauen Uniformjacke steckte, um Dinas Schulter: „Wen hast du denn da aufgetan?"

„Ich kann auftun, wen ich will. Aber, wenn es dich so interessiert: Das ist Joran. Er kommt vom Land."

„Wenn es noch mal zu einem Krieg kommt, ist er gutes Kanonenfutter", schmunzelte Ivica.

Joran war es zu dumm. Er zuckte die Achseln, erhob sich und verließ das merkwürdige Pärchen. Die beiden machten auch keine Anstalten, ihn aufzuhalten. Wo war er hier nur gelandet? Die Leute hielten sich wohl für ganz besonders schlau. Dabei hätten sie nichts zu essen, wenn es nicht auch solche wie Joran geben würde. Aber was hatte Ivica da schwadroniert? Joran hatte wohl schon vom Krieg gehört. Einen Krieg, so richtig mit Soldaten und Toten, kannte er allerdings nur aus den Erzählungen seines Vaters. Der hatte noch gekämpft und kam schwer verletzt wieder. Seitdem konnte er nicht mehr richtig laufen. Viel über den Krieg gesprochen hatte er aber nie. Joran ahnte nur, dass es schrecklich gewesen sein musste.

Da er merkte, wie ihm der Wein in die Blase stieg, ging er zu den Aborten auf der Rückseite der Taverne. Kurz bevor er in den Flur bog, sah er durch eine halb geöffnete Tür einen Mann mittleren Alters, der sich über eine Frau lehnte.

„Was macht eigentlich Mlada Bosna?"

„Ich darf nicht darüber reden. Mag sein, dass etwas passiert", flüsterte die Frau. „Nun hilf mir lieber. Ich habe nicht den ganzen Abend Zeit."

„Es ist nicht ganz ohne Risiko und wird schmerzhaft sein. Aber wenn du kein Kind bekommen möchtest, musst du es auch nicht. Eine Geburt tut auch weh und ist ähnlich riskant."

Der Mann sprach in einer sehr beruhigenden Art und Weise auf die Frau ein, von der Joran die Umrisse nur erahnen konnte.

8. Juni 1914, Tellingstedt

Jehann blickte mit weit aufgerissenen Augen auf das Männlein. „Na, was glotzt du so? Wollen wir es ihr zusammen besorgen? So macht man das in Paris."

Jehann ergriff Jannes Hand und zog sie an sich.

„So ist gut, nimm sie dir schon mal her", keifte der Alte.

„Jetzt!", schrie Jehann, packte Jannes Hand fester, rannte los, zog sie einfach gegen ihren Widerstand mit sich. Wenige Schritte nur, dann schien es, als würde Janne mit einem Mal leichter werden. Auch ihre Füße trommelten jetzt über den Boden, schnell, schnell, ließ sie sich ziehen und rannte an Jehanns Hand, schneller noch als er selbst, bis sie ihn überholte.

Erst als sie schon fast den Ortsrand passiert hatten, wurden sie langsamer.

„Wo wollen wir eigentlich hin?", fragte Janne außer Atem.

„Egal, nur hier weg", keuchte Jehann.

„Jedenfalls weißt du jetzt, wie sehr ich dich brauche", schnaufte Janne beim Weiterlaufen.

Plötzlich traf ein schrecklicher Verdacht Jehann wie ein Blitz. Hatte Janne sich nur an ihn herangemacht, um von ihrem Vater wegzukommen? Nein, das konnte nicht sein! Ihre Liebe war echt, ihre Zärtlichkeit hatte nichts Falsches an sich.

Er verdrängte diese beängstigenden Gedanken schnell und antwortete auf Jannes Frage: „Gut, dann laufen wir jetzt nach Heide. Von da kommen wir schon irgendwie weg."

„Meinst du nicht, dass wir auch hier ein Versteck finden könnten?" Janne war den Tränen nahe.

„Vielleicht schon, aber zu mir können wir auf keinen Fall. Mein Vater hat nichts Gutes von dir gehört. Ich bin schon froh, dass er mich, ohne zu schimpfen, jeden Abend zur Eider gelassen hat"

Ganz auf die Straße fixiert, bemerkten die beiden den dunklen Schatten nicht, der sich schnell von einem Gebüsch am Wegesrand löste und plötzlich wie eine Gewitterwolke vor ihnen aufragte.

„Hab ich Euch!", hörte Jehann die tiefe, grollende Stimme, ehe er gegen die breite Brust der Gestalt prallte.

Unwillkürlich tat er zwei Schritte zurück, packte Jannes Hand noch fester und hörte ihr Kreischen so schrill wie den Pfiff einer Lokomotive.

„Lauft einfach von zu Hause weg und seid noch nicht einmal erwachsen!"

Erst jetzt erkannte Jehann das ihm nur allzu vertraute Gesicht.

„So, nun kommt ihr wieder mit zurück und tut das, was eure Väter von euch verlangen. Aber mit Janne habe ich zuerst selbst noch etwas vor."

Jehann entging der abschätzige und zugleich lüsterne Blick nicht, mit dem der Dorfpolizist Hans Meier Janne musterte. „Dieses Mal wehrst du dich nicht, du kleines Vögelchen."

Janne stockte der Atem. War es etwa Hans Meier gewesen, der ihr das damals an der Eider angetan hatte?

„Wird's bald? Ich habe nicht den ganzen Abend Zeit, und dein Vater will ja auch mal!"

Es war, als hielte eine undurchdringliche Starre Janne gefangen. Sie spürte die Wärme der Luft nicht mehr, hörte kein Vogelgezwitscher, sah weder Straße noch Himmel noch Land. Selbst Jehann, aus dessen Griff sie sich längst befreit hatte, schien einfach weg zu sein. Mit vor Panik geweiteten Augen machte sie sich langsam und umständlich daran, ihr Kleid aufzuschnüren.

Der feiste Dorfpolizist knöpfte langsam seine Hose auf. Dabei zeichnete sich in einer seiner Taschen der Umriss eines Messers ab. Janne konnte vor Zittern kaum stehen, geschweige denn, ihr Kleid weiter auszuziehen. Sie sah sich schon unter dem massigen Körper des Dorfpolizisten begraben. Er stank nach Schweiß und Zigarettenqualm. Etwas aus ihrem Magen bahnte sich einen bitteren Weg nach oben in ihre Kehle. Dieses Mal würde es kein Entrinnen geben! Sie würde erst ihm, dann ihrem Vater und dann wer weiß wem noch zu Diensten sein müssen.

Lange hatte sie ihren Vater auf Abstand halten können, weil sie ihm deutlich machen konnte, dass sie eine Geschlechtskrankheit hatte, an der er sich nicht anstecken sollte. Gewöhnlich beließ ihr Vater es bei Schlägen und Beschimpfungen. Auch das war ihr unerträglich, und darum hatte sie tatsächlich einen Mann gesucht, der sie von hier wegbrachte. Jehann kam ihr wirklich gelegen. Nur hatte sie nicht damit gerechnet, was dann kommen sollte. Als ihr Vater merkte, dass sie tatsächlich mit einem Jungen zusammen war, gab es auch für ihn kein Halten mehr.

Verzweifelt blickte sie jetzt in das schweißüberströmte Gesicht Hans Meiers. Gleich würde es soweit sein, dass er über sie herfiel! Es waren nur noch wenige Zentimeter, die ihre beiden Körper trennten, schon spürte sie die starken Hände, die sie an den Schultern packten und zu Boden zwangen.

Doch plötzlich gab es einen dumpfen Knall, der Dorfpolizist wankte wie ein Baum, dem Axt und Säge eine Kerbe in den Stamm gerissen hatten. Und mit einem Mal fiel er nach vorn, rollte röchelnd ins Gras am Wegesrand.

Erstaunt, ungläubig, blickte Janne auf, erkannte endlich Jehann, der ihren Arm packte, sah den schweren Ast in seiner Hand, von dem Blut tropfte, der zur Waffe geworden war.

„Ich habe ihm eins übergebraten. Jetzt komm schnell weiter!"

„Hast du... hast du ihn getötet? Hier ist überall Blut ..."

Tatsächlich schien sich das Gras rot zu färben, und im Kopf von Hans Meier klaffte – soweit Jehann es erkennen konnte – ein Loch.

„Wir werden hingerichtet!" Janne schwankte zwischen Erleichterung und Verzweiflung. Ihre Gedanken schienen wie in Watte gepackt; unklar, dumpf, ziellos.

Jehann trieb zur Eile: „Komm, wir müssen hier weg!"

Er bemerkte erst jetzt, wie dunkel es mittlerweile geworden war. Über ihnen braute sich ein Unwetter zusammen. Der erste Regentropfen traf Jehann auch schon auf die Stirn, der Himmel grollte unheilvoll.

„Wir müssen jetzt nur diese Straße weiterlaufen. Dann sind wir in einer Stunde in Heide."

Der erste Blitz zuckte durch die Wolken. Es folgte ein Donnerschlag, der Jehann und Janne gleichermaßen zusammenzucken ließ. Janne umklammerte seinen Arm und blieb verängstigt stehen wie erstarrt.

„Komm weiter, es hat ja keinen Sinn"! Jehann löste sich als erster aus der Erstarrung.

Keuchend und getränkt vom mittlerweile immer stärker werdenden Regen liefen sie weiter. Nach wenigen Minuten jedoch blieb Janne einfach stehen.

„Was ist los?"

„Seitenstiche", keuchte sie ermattet.

Der nächste Blitz, gefolgt von einem dumpfen Donner, durchbrach die ratlose Stille.

„Da hinten ist ein Hof. Vielleicht können wir dort Unterschlupf finden."

„Hier in der Gegend kennt jeder meinen Vater und alle mögen ihn. Sie werden uns nie aufnehmen", zweifelte Janne.

„Wir müssen es einfach versuchen." Jehann zog Janne mit sich. Schließlich platschten sie durch die Wasserlachen, welche die Einfahrt zum Hof mittlerweile in eine kleine Seenlandschaft verwandelt hatten. Alles lag in vollkommener Dunkelheit.

„Ich glaube, da hinten steht eine Stalltür offen. Da können wir es versuchen!" Dieses Mal war es Janne, die einen wachen Blick behielt. Mit einem Mal war es, als erwache sie aus einem Traum. Etwas in ihr spannte sich wie eine Feder, Entschlossenheit, Mut, Trotz regten sich in ihr.

„Gut, also komm."

Den Weg über den Hof legten sie in gebeugtem, huschendem Gang zurück. Sie hatten schon fast die Stalltür erreicht, da fauchte und jaulte es neben Janne auf. Voller Schreck warfen sich die beiden auf den rutschigen, vom prasselnden Regen aufgeweichten Boden. Da spürte Jehann plötzlich Schmerzen in seinem rechten Arm: Eine Katze hatte sich in sein Fleisch gekrallt, weil Janne zuvor aus Versehen auf sie getreten war.

Die Zähne zusammengebissen, schleppte sich Jehann die letzten Meter ins rettende Dunkel.

Janne hatte sich bereits auf einen Haufen Heu niedergelassen. Es standen vier Kühe in den Boxen, die zusätzlich mit einem Band an Haken an der Wand fixiert waren. Sie glotzten in die Dunkelheit wie gutmütige Geister.

„Glaubst du, uns hat jemand gehört?" Jehann zitterte am ganzen Körper vor Schmerz und Kälte.

Janne legte ihre Hand sanft auf seinen unverletzten Arm: „Ich glaube nicht. Katzen schreien hier öfter."

Als sich Jehanns Gedanken langsam wieder ordneten, musste er an Hermann Alster denken, was ihm einen Stich ins Herz versetzte. Gerade hatte sein Ziehvater, sein Freund, Hanna verloren; jetzt würde auch er, Jehann, nicht mehr zurückkommen können. Hatte er Hans Meier tatsächlich getötet? So hart war ihm der Schlag gar nicht vorgekommen. Aber diese Wunde, das viele Blut ...

„Was wird jetzt mit uns?" Janne schaute betrübt drein.

Jehann erahnte ihren Blick in der Dunkelheit: „Wir müssen heute Nacht hierbleiben. Morgen früh geht es weiter nach Heide und dann nach Hamburg. Dort können wir vielleicht im Hafen oder in Kneipen arbeiten. Vielleicht müssen wir aber auch abhauen und auf einem Schiff anheuern. Das wird davon abhängen, wie es Hans Meier geht."

Janne seufzte: „Ich bin so glücklich, dass du mich von da weggeholt hast. Aber das Unglück bleibt uns leider hold"

Jehann musste schlucken. Er musste es jetzt wissen! Mit belegter Stimme flüsterte er: „Hast du mich nur deshalb angesprochen und benutzt, weil du von deinem Vater weg wolltest?"

Janne zögerte. Dann jedoch antwortete sie mit fester Stimme: „An dem Morgen, bevor wir uns im Moor getroffen hatten, wollte mich mein Vater vergewaltigen. Ich konnte nur knapp entkommen. Als ich dich sah ... na ja, du hast einfach stark und verlässlich ausgesehen."

Nach einer kurzen Pause setzte sie hinzu: „Ich habe eine gute Wahl getroffen."

Jehann meinte fast, ihr Lächeln sehen zu können. Er vertraute ihrer Antwort und entspannte sich: „Bist du müde?"

Da merkte er, dass Janne sich schon auf einem Bündel Heu zusammengerollt hatte und tief und gleichmäßig atmete.

Er dagegen konnte nicht gleich zur Ruhe kommen. Ihm gingen viele Gedanken durch den Kopf. Vor allem musste er immer wieder an Hermann Alster denken, den er gerade jetzt sehr vermisste. Außerdem quälte ihn die Ungewissheit, ob Hans Meier wirklich tot war und er ihn tatsächlich mit einem Schlag hatte umbringen können. Verdient hätte er es allemal gehabt. Nur – wer würde Jehann glauben, dass es Notwehr gewesen war? Dass er nur Janne hatte retten wollen?

Über diese Gedanken fiel Jehann, an die Stallwand gelehnt, endlich doch in einen tiefen, erschöpften Schlaf.

Ein Poltern, ein Schnauben, Radau! Jehann schreckte auf und sah, dass Janne sich bereits die Augen rieb. Durch ein Fenster an der Rückseite des Stalls fiel Mondschein und offenbarte das Geschehen: Eine Kuh muhte und schmiss sich hin und her. Es war die einzige Kuh, die nicht angebunden war.

Gerade wollte Jehann aufstehen, als sich die Stalltür öffnete. Jehann schrak zusammen. Ein älterer Mann mit gänzlich kahlem Schädel trat durch die Tür und steuerte geradewegs auf die Kuh zu, erst kurz vor dem Gitter fiel sein erstaunter Blick auf Janne, die vergeblich versuchte, sich in dem Heu zu verstecken. Als er auch Jehann gewahr wurde, sagte er laut und drohend: „Was um alles in der Welt wollt ihr hier?" Seine Stimme war schroff und voller Misstrauen. „Das Kalb bekommt ihr nicht! Ich werde euch gleich zur Polizei bringen!"

Jehann legte Janne, die bei diesen Worten wie unter einem Peitschenhieb zusammengezuckt war, den Arm um die Schulter.

„Aber jetzt könnt ihr mir erst mal helfen, das Kalb auf die Welt zu kriegen. Das scheint festzustecken."

Der Bauer trat an die Kuh heran und versuchte mit bloßen Händen, das Kalb aus dem Geburtskanal des Muttertieres zu ziehen. Jehann kannte das schon vom Alster'schen Hof. Daher trat er dem Bauern schnell zur Seite und packte fachmännisch mit an.

Zehn Minuten später, begleitet vom qualvollen Schreien der Kuh und dem angestrengten Ächzen der Männer, war es endlich geschafft: Das Kalb lag im Heu nahe bei der Kuh und versuchte bereits, das Euter zu erreichen.

Der Bauer atmete – überströmt von Blut und Schweiß – noch einmal tief durch und setzte dann mit lauter Stimme an: „So, und wer seid ihr jetzt? Wo kommt ihr her und was habt ihr zum Teufel nochmal in meinem Stall zu suchen?"

Jehann setzte zu einer Erklärung an, da schnitt ihm der Bauer das Wort ab: „Du bist ein patenter Jung, kannst gut mit den Tieren umgehen. Warum lernst du nicht auf einem Hof und treibst dich stattdessen in fremden Ställen rum?"

„Nun lass ihn doch erst mal erzählen", mischte sich Janne ein.

„Also", fing Jehann von neuem an, „das ist Janne, und ich bin Jehann. Wir waren gerade auf dem Weg nach Heide. Da überraschte uns das Unwetter. Eine Fahrt mit der Eisenbahn können wir uns nicht leisten. Darum mussten wir laufen."

„Ah, und ein Pferd habt ihr auch nicht. Da stimmt doch was nicht."

Janne schaltete sich wieder ein: „Du bist wohl nicht von hier. Ein Pferd bei diesem Wetter macht doch gar keinen Sinn. Das geht dir durch bis zum Nordpol!"

„Auf den Mund seid ihr jedenfalls nicht gefallen." Der Bauer blickte zufrieden, wie das Kalb jetzt gierig die Milch aus dem Euter des Muttertiers sog. „Das Kalb kommt durch, immerhin."

Jehann nahm einen neuen Anlauf. „Wir sind hier nur auf Besuch und wollen morgen nach

Hamburg weiter. Da kommen wir her. Den letzten Zug haben wir heute ja verpasst. Für den reicht das Geld gerade noch."

„Gut, dann seid ihr bis morgen nach dem Frühstück meine Gäste. Ihr könnt mir noch beim Melken helfen. Meine Frau wird euch dann ein paar Brote schmieren. Jetzt wollen wir aber erst noch ein paar Stunden schlafen. Es ist gerade mal halb drei. Damit ihr keinen Blödsinn macht, schließe ich euch über Nacht hier ein. In drei Stunden bin ich zurück."

Der Bauer, der im Licht eines weiteren Blitzes trotz der Glatze jetzt doch gar nicht mehr so alt wirkte, verließ den Stall und schob draußen den Riegel vor die Tür.

Janne hatte es sich bereits wieder im Heu bequem gemacht und war schon bald darauf zum zweiten Mal in dieser Nacht eingeschlafen. Johann schmiegte sich an sie; er war erschöpft von der Geburtshilfe und weiterhin verängstigt, mit dem Angriff auf Hans Meier in Verbindung gebracht zu werden. Das Gefühl des Eingesperrtseins war ihm von früher, als ihn Hermann Alster in den Stall gesperrt hatte, wenn er in der Schule ausgerastet war, wohl vertraut und beunruhigte ihn nicht. Und Jannes Nähe vermittelte ihm Sicherheit – so konnte er jetzt entspannt an der Seite des Mädchens einschlafen, welches ihm immer mehr ans Herz wuchs.

War das ein grauer Stein, den dieser Mann um den Hals trug? Jehann konnte es nicht genau erkennen. Hatte er da eine Uhr in seiner Hand? „Zehn, neun, acht, sieben, sechs, fünf, vier, drei, zwei, eins …"

Was geschah hier? Ein Rauschen – wer schreit denn da? Die Welt war so unwirklich, und es stank. Jehann konnte den Geruch nicht zuordnen. Aber der Geruch war ihm auf merkwürdige Weise vertraut.

„So, Kinners, aufstehen! Melken ist angesagt!"

Jehann schrak aus einem wirren und beängstigenden Traum auf. Froh, den Bauern zu sehen, sprang er auf, erleichterte sich schnell an der Stallwand und rief nach Janne.

Das Mädchen war schon hinter den Stall gegangen, wo es sich an einem Brunnen erfrischte.

Der Bauer hatte sich als Thomas Peters vorgestellt. Er und Jehann hatten gemeinsam die Kühe gemolken und sich davon überzeugt, dass das Kalb wohlauf war. Nun gingen sie nach einer kurzen Wäsche an einer vor dem Stall stehenden Regenwanne in die Küche des angrenzenden Bauernhauses. Hier bereitete eine kräftige Frau in einer alten, schmuddeligen Schürze und mit zu einem Dutt zusammengebundenen, blonden Haar gemeinsam mit Janne das Frühstück.

Mit großen Augen blickte die Frau auf ihren Mann. Mit lauter, fast krächzender Stimme sagte sie: „Vorhin war Anneliese von gegenüber hier. Sie haben Hans Meier totgehauen. Die Angler waren gestern noch in der Feldmark und da lag er. Sie haben ihm den Kopf kaputtgehauen."

„Was für eine Welt! Sie sollten die Burschen, die das waren, aufhängen! Aufhängen und dann den Kopf abhauen!"

Hans Meier war also tot, soviel wussten Jehann und Janne jetzt. Dass Hamburg als Fluchtort weit genug entfernt war, glaubte zumindest Jehann nicht mehr. Sie durften sich nichts anmerken lassen. Jehann hatte diesen Gedanken gerade zu Ende gedacht, da sprang Janne mit hochrotem Kopf auf und stürzte zur Tür.

11. Juni 1914, Sarajevo

Seit jenem Abend, an dem Joran unfreiwillig dabei zugeschaut hatte, wie ein Arzt die Schwangerschaft von Dina beendet hatte, war er der Gehilfe von Doktor Lumomir Juric. Er durfte die Instrumente waschen, Plakate aufhängen und nach Räumen für die Behandlungen des Doktors suchen.

Es gefiel Joran ganz und gar nicht, wie leicht- fertig man mit dem Leben umging. Die Schmerzensschreie der Mädchen, wenn Doktor Juric ihnen mit scharfen Instrumenten die kleinen Menschen aus dem Leib holte, hallten noch lange in ihm nach und warfen einen dunklen Schatten auf sein Gewissen. Aber er hatte Angst. Angst davor zu verhungern. Daher machte er die Arbeit und schwieg.

Erst gestern musste er eine Frau ins Spital bringen, die nach der Behandlung nicht aufhören wollte zu bluten. Ob es ihr heute besser ging, wusste Joran nicht. Doktor Juric fragte auch nicht nach. Er schärfte Joran lediglich ein, niemandem davon auch nur ein Sterbenswörtchen zu erzählen. Dann ging er zur Routine über. „Hier", sagte er und drückte Joran einen Stapel Papier in die Hand, „nimm die Plakate und häng' sie auf."

Was auf den handtuchgroßen Zetteln geschrieben stand, wusste Joran nicht. Er wollte es auch gar nicht wirklich wissen.

Jeden Abend – eine halbe Stunde bevor sich Doktor Juric in den Raum begab, der in den unterschiedlichen Tavernen und Spelunken für seine Behandlungen vorgesehen war – bestellte er für Joran ein Bier und etwas zu Essen. Er rief ihn lediglich dann, wenn er Hilfe benötigte. So war es auch am ersten Abend gewesen.

Joran war auf dem Weg zum Abort gewesen, als der Arzt gerade mit seinen Werkzeugen in Dinas Unterleib drang. Durch die geöffnete Tür hatte er Joran bemerkt und – ohne von Dina abzulassen – hatte er ihm über die Schulter zugerufen, dass er aus der Küche warmes Wasser holen möge.

Nachdem Dina dann das Zimmer auf wackeligen Beinen verlassen hatte, hatte der Arzt sich ihm vorgestellt; Joran seinerseits hatte kurz von sich berichtet. Der Arzt hatte ihm daraufhin angeboten, ihn als Gehilfen anzustellen. Seit diesem Tag arbeiteten sie also zusammen.

Manchmal kamen bis zu vier oder sogar fünf Frauen im Laufe eines Abends. Am liebsten waren Joran die Gespräche, bei denen Doktor Juric die Frauen darüber aufklärte, wie man gar nicht erst schwanger wurde – hier wurde vorgesorgt, statt hinterher diese abartigen Behandlungen durchführen zu müssen. Vielleicht, so stellte Doktor Juric in Aussicht, würde Joran sogar einmal sein Nachfolger werden können. Das konnte sich Joran zwar nicht vorstellen, sagte aber lieber nichts, um seinen neuen Chef nicht zu verärgern.

„Joran, hier hast du Geld. Besorge mehr Papier für unsere Plakate."

Doktor Juric drückte ihm zehn Dinar in die Hand. Wo es hier Papier und eigentlich alles zu kaufen gab, hatte Joran längst herausgefunden, und so machte er sich gleich auf den Weg.

Auf dem nahegelegenen Markt angekommen, erblickte er auch sogleich einen Tisch mit Papierrollen in der richtigen Größe. Zielstrebig lief er darauf zu.

Doktor Juric ließ jeden Tag fünf neue Plakate anfertigen, soviel hatte Joran schon mitbekommen. Ebenso hatte er erlebt, wie die Frauen oder ihre Begleiter, die oftmals bei der Behandlung dabei waren, Doktor Juric Geldscheine oder manchmal auch Münzen in die Hand drückten. Wie teuer das Werk war, das der Doktor hier Abend für Abend erledigte, wusste Joran allerdings nicht.

11. Juni 1914, Polizeistation Heide

Auf einem Stuhl, die Hände hinter dem Rücken, mit einem dünnen, aber stabilen Band gefesselt, saß der junge Mann, der nur drei Tage zuvor noch auf dem Heider Marktplatz vor einer jubelnden Menschenmenge eine flammende Rede gehalten hatte.

„Du hast also dazu aufgerufen, dass man gern von den reicheren Bürgern der Stadt etwas klauen kann. Ein Irrsinn, den du da von dir gibst."

„Der Staat sorgt ja nicht dafür, dass die Armen genug haben. Da kann Diebstahl doch kein Verbrechen sein!"

Der kleinere der beiden Polizisten, die Hugo Redder gegenübersaßen, schlug mit der Faust auf den Tisch. „Hast du es schon mal mit Arbeit versucht?"

Ungerührt fuhr Hugo Redder fort: „Für diese Kapitalisten auch noch arbeiten, ihren Reichtum mit meinem Schweiß und meinem Blut vermehren? Ich bin doch nicht verrückt!"

„Aber ein Verbrecher bist du, ein mieser Dieb und Aufwiegler", meldete sich jetzt der größere, um einiges ältere Polizist zu Wort. „Ach, bring ihn zurück in seine Zelle. Der Richter wird sich morgen mit ihm befassen."

Gemeinsam nahmen die Polizisten den jungen Mann in ihre Mitte und zerrten ihn aus dem Zimmer in die nur wenige Meter entfernte Zelle. Ohne selbst den kleinen, kalten Raum zu betreten, schoben sie Hugo ins diffuse Licht der Kammer und verriegelten die Tür. Seine Wutschreie und Tritte gegen die Absperrung nahmen die Polizisten nicht zur Kenntnis.

10. Juni 1914, Hof Peters

Jehann war erschrocken, sein Oberkörper verkrampfte sich, als er Janne zur Tür stürzen sah; fast hätte er die Milch, die er in einem Becher gerade zum Mund führen wollte, vergossen.

„Was ist denn mit der Dirn los?" Thomas Peters blickte mürrisch drein.

„Ich … ich weiß nicht", stammelte Jehann. „Ich werde mal nachschauen."

„Ich komm' mit." Frau Peters sprang Jehann zur Seite.

Mit forschem Schritt verließen die beiden die Küche und sahen Janne vor dem Brunnen knien, in welchem sie ihr Gesicht wusch.

„Was ist los?" Die Worte kamen etwas zu laut und zu panisch aus Jehanns Mund.

Janne wandte sich um und versuchte krampfhaft zu lächeln: „Alles gut, mir war nur auf einmal so übel."

Frau Peters beäugte Janne argwöhnisch: „Na, was das wohl ist?"

Jehann war wie vor den Kopf gestoßen, er brachte nur ein leises „Geht es dir jetzt besser?" über die Lippen. Gleichzeitig war er erleichtert, dass Jannes Verhalten offenbar nichts mit der Erwähnung von Hans Meier zu tun hatte.

„Ja, mir geht es schon wieder gut. Hab keine Angst." Ein ungezwungenes Lächeln huschte über ihr Gesicht.

„Wir müssen dann auch gleich weiter", meinte Jehann.

„Dann soll Janne zumindest ihr Brot mitkriegen, das hat sie ja noch gar nicht angerührt", mahnte Frau Peters.

Gemeinsam gingen sie zurück zum Haus, wo Frau Peters das Brot in eine Papiertüte verpackte; Jehann und Janne bedankten sich und machten sich wieder auf den Weg nach Heide. Ein Wegweiser am Straßenrand deutete an, dass es noch sieben Kilometer bis zum Bahnhof waren. Vorher gab es keine Haltestelle, an der sie auf einen Zug hätten warten können, darum liefen sie weiter. Das Wetter hatte sich beruhigt, und so kamen die beiden gut voran.

Je näher sie der Stadt kamen, desto unruhiger wurde Jehann; sobald eine Kutsche an ihnen vorüberfuhr, erschrak er. Immer schien es ihm, als ob er vom Kutschbock aus genau in Augenschein genommen wurde. Einmal schallte ihm tatsächlich ein „Moin" entgegen. Der Mann auf dem Kutschbock würdigte sie aber keines weiteren Blickes.

Die Kirchturmuhr von Heide hatte noch nicht einmal elf geschlagen, da erblickten sie in der Ferne schon den Bahnhof. Jehann und Janne sprachen kaum ein Wort miteinander. Sie waren müde von der letzten Nacht, zudem schien Janne wieder etwas blasser zu werden. Aus den Augenwinkeln nahm Jehann einen alten, gebeugten Mann wahr, der ihm merkwürdig bekannt vorkam. Schnell zwang er sich, voranzugehen, um Dithmarschen so schnell wie möglich zu verlassen, bevor ihn irgendjemand mit dem Tod von Hans Meier in Verbindung bringen konnte.

Bei diesem Gedanken wurde ihm schwer ums Herz. Doch dass nun keine Zeit für Sentimentalitäten war, stellte sich schon bald heraus.

Waren das Polizisten dort am Bahnsteig? Es schien, als ob sie einen jungen Mann in ihrer Mitte hatten und versuchten, ihn in einen wartenden Zug zu schieben. Wortfetzen drangen an Jehanns Ohr: „Du bist hiermit ausgewiesen. Sollten wir dich noch einmal in Dithmarschen antreffen, gehst du für zehn Jahre in den Knast!"

Der junge Mann schien mit dem Handel einverstanden zu sein und ließ sich mühelos in ein Zugabteil verfrachten. Die Ordnungshüter sprachen noch kurz mit dem Schaffner, ob er darauf achten möge, dass dieser Junge zwar mit nach Hamburg, keinesfalls aber wieder zurückkäme.

Der Anblick der Polizisten jagte Jehann einen so großen Schrecken ein, dass er trotz des geringen Tempos, das Janne und er vorlegten, außer Atem war.

„Was ist mit dir?" Janne schaute besorgt zu ihm herüber.

„Da – da, schau doch mal!" Er zeigte in Richtung der Polizisten.

Jetzt erschrak auch Janne. Schweißtropfen erschienen auf ihrer Stirn, und ihre Hand glitt wie automatisch an ihre Seite, als ob sie dort wieder Schmerzen spürte. „Diesen Zug sollten wir nicht nehmen", sagte sie.

„Du bist witzig", gab Jehann zurück. Fieberhaft überlegte er: Sich flach auf den Boden zu legen – das würde zu viel Aufsehen erregen. Einfach so stehen zu bleiben – das wäre auch verdächtig. Auf die Polizisten zugehen – wäre vielleicht Selbstmord gewesen. Umzukehren – das wäre ein Rückschritt, weil sie dann wahrscheinlich nicht einmal den nächsten Zug bekämen.

Was sollten sie also tun?

Die Gedanken kreisten nur so in seinem Kopf, und er merkte, dass es Janne ähnlich ging. Sie hatte sich vor Angst versteift und vermochte kaum noch einen Schritt zu tun.

Da geschah es! Die Polizisten wandten sich um und schienen etwas in ihrer näheren Umgebung mit ihren Blicken zu fixieren, dann spurteten sie los, direkt auf Jehann und Janne los!

Voller Entsetzen sah Jehann, wie der eine Polizist eine Pistole auf sie zu richten schien.

„Ich hab Schmerzen", wimmerte Janne und klammerte sich an Jehanns Arm.

Da fiel auch schon der erste Schuss. Mit einem Pfeifen zischte die Kugel an Janne und Jehann vorbei; ein Schrei gellte an ihre Ohren.

So schnell, wie es ihnen ihre körperliche Verfassung erlaubte, liefen sie weiter. Erst als sie an der Schwelle zum Bahnhof angelangt waren, schaute sich Jehann um.

Die Polizisten knieten über einem Mann, der aus einer Wunde am Arm blutete. Von fern hörten sie, wie die Polizisten auf ihn einschrien: „Du mieser Pferdedieb. Du wirst schon deine gerechte Strafe bekommen."

Sie hatten es also auf diesen Dieb abgesehen gehabt – nicht auf Jehann und Janne! Vor Erleichterung fing Janne an zu weinen.

„He, keine Zeit für Gefühle. Wir wollen diesen Zug noch kriegen!", mahnte Jehann und zog sie weiter.

Ganz auf Janne fixiert, entging seiner Aufmerksamkeit der alte Mann, der jetzt am Fahrkartenschalter des vorderen Bahnsteigs stand und bitterlich weinte: „Meine Kinder, meine Kinder." Der Bahnbeamte am Schalter versuchte vergeblich, ihn zu beruhigen.

Wie von starken Bändern eingeschnürt, versuchte Janne, einen Fuß vor den anderen zu setzen, ihre Schritte waren klein und langsam, aber sie kam voran. Außer Atem erreichten sie schließlich den Zug und schafften es mit letzter Kraft, in den Waggon einzusteigen.

Erschöpft ließen sie sich auf zwei freie Plätze sinken. Glücklich, diese Etappe bewältigt zu haben und schon bald aus dem schönen, aber für sie gefährlichen Dithmarschen zu entkommen.

Beim Griff in ihre Manteltasche stellte Janne fest, dass sich dort noch das Brot vom Peters-Hof befand. Beide teilten das Mahl, hungrig und auch in irgendeiner Art und Weise glücklich. Sie nahmen ihre Umgebung kaum wahr und genossen die rhythmischen, holprigen Bewegungen des Zugs, der sich endlich in Bewegung gesetzt hatte. Erst nach wenigen Minuten bemerkten sie, dass ihnen der junge Mann, der auf der gegenüberliegenden Seite saß, bekannt vorkam – es war derjenige, den die beiden Polizisten zuvor ins Abteil geleitet hatten.

13. Juni 1914, Sarajevo

Hinter dem Tisch des Papierwarenstandes erblickte Joran eine junge Frau mit langem, schwarzem Haar. Als er sie um drei Rollen Papier bat, händigte sie ihm diese aus mit der Frage, ob er ein Maler sei. Joran verneinte verlegen.

Er bezahlte die Ware und begab sich wieder in das geschäftige Treiben, das an diesen Tagen immer auf dem Markt herrschte. Da er von seinem Kauf noch ein paar Dinar übrig hatte, setzte er sich in ein Café am Straßenrand und bestellte ein Frühstück. Das Wetter war schön, direkt neben seinem Tisch stand ein Aprikosenbaum, die Vögel sangen, und es roch würzig und warm nach frischer Luft und Sommer.

Entspannt beobachtete er die Menschen, die an ihm vorübergingen. Frauen waren da, die ihre Kinder in einem Tragetuch vor der Brust trugen. Männer, die Karren voll mit Obst und Gemüse auf den Markt schleppten. Alte, einem Stock in der Faust, auf den sie sich stützten, eine Zeitung in der anderen Hand.

Joran sah all diese Leute, wie sie schlenderten und Geschäfte tätigten, hier und da ein Schwätzchen hielten, lachten, feilschten, sich mit zittrigen Knien auf Bänke setzten, gen Himmel starrten. All das nahm er wahr und fragte sich, ob diese Menschen schon immer hier gewohnt hatten oder ob sie, genau wie er, erst nach einer Katastrophe in diese Stadt gezogen waren. Wo wohnten diese Menschen, und welche Sorgen plagten sie?

Auf einmal spürte er eine Hand auf seiner Schulter. Er drehte sich um und erblickte eine kleine, gedrungene Frau mit blassem Gesicht: „Bist du nicht der, der Doktor Juric hilft? Ich habe dich letztens in der Sprawa-Bar gesehen."

Joran erinnerte sich nicht an diese Person, aber das musste nichts heißen. Es waren stets so viele Menschen in den Spelunken, dass er sich unmöglich alle Gesichter einprägen konnte.

„Meine Schwester war vor ein paar Tagen bei euch. Sie ist gestern Abend gestorben. Der Blutverlust war zu groß."

Joran zuckte zusammen. Welches Handwerk unterstützte er da?

Die Frau brach in Tränen aus und wandte sich ab. Im Laufen noch rief sie ihm zu: „Ich wollte es dir nur erzählen. Jetzt ist doch nichts mehr zu ändern."

Joran fühlte sich wie vom Blitz getroffen. Später würde er es Doktor Juric erzählen und hoffen, dass dieses Werk bald ein Ende haben würde. Doch was dann? Was sollte dann aus ihm werden? Hier in der Stadt schien es niemanden sonst zu geben, der jemanden mit seinen Fähigkeiten brauchte. Da war Doktor Juric schon ein Glücksfall für ihn. Das Essen mochte ihm nicht mehr schmecken, und so nahm er erstmal die gekauften Papierrollen und trug sie zu seinem Dienstherrn.

10. Juni 1914, Zug nach Hamburg

Jehann hatte den jungen Mann wiedererkannt, sprach ihn aber nicht an. Seine Gedanken waren bei Janne, der es am Morgen so schlecht gewesen war und die immer noch über Schmerzen in den Beinen und im Bauch klagte.

„Geht es dir denn ein bisschen besser?"

„Es ist besser als heute Morgen", antwortete sie, „aber noch lange nicht gut."

Janne hatte diese Worte kaum ausgesprochen, da näherte sich der Schaffner. Erst jetzt ging Jehann auf, dass sie ja gar keine Fahrkarte am Schalter gekauft hatten. Was würde nun geschehen? Der nächste Bahnhof war der in Wilster. Wahrscheinlich würden sie dort an die Luft gesetzt werden. Und dann? Die dortige Polizei war bestimmt schon informiert.

Der Schaffner betrat das Abteil. Er beugte sich zuerst zu dem jungen Mann auf der anderen Bank: „Du kleiner Gauner. Du hast zwar keine Karte, wirst aber auch nie mehr mit nach Dithmarschen zurückreisen. Glaub' ja nicht, dass ich Dich aus den Augen lasse, Hugo Redder!"

Diese Worte sprach der Schaffner mit einem Knurren in der Stimme, das Jehann an ein Raubtier erinnerte, welches gerade im Begriff war zuzubeißen.

116

Dann drehte er sich zu Janne und Jehann um: „Die Fahrkarten bitte."

Der Bahnbeamte hatte diesen Satz gerade vollendet, da wurde Janne blass. Sie fing an zu zittern und zu würgen. Schließlich konnte sie ihren Brechreiz nicht mehr unterdrücken und spuckte im hohen Bogen auf den schmalen Gang des Zuges.

Der Schaffner machte einen schnellen Schritt zurück und verzog angeekelt das Gesicht. Irritiert wandte er sich an Jehann: „Du musst deine Frau zum Arzt bringen. Ihr ist nicht gut."

Als ob er das nicht gerade selbst gesehen hätte!

Der Schaffner hielt sich die Nase zu und verließ das Abteil. Mit einem sanften Ruck richtete Jehann Janne wieder auf und schloss sie in die Arme. Die Fahrkarten waren vergessen, zumindest für den Moment.

„Das kam genau zur richtigen Zeit", kicherte Janne, als der Schaffner außer Hörweite war.

„Ja, stolze Leistung", pflichtete ihr Jehann bei. „Wir werden in Hamburg wohl saubermachen müssen. Viel wichtiger ist, wie es dir jetzt geht."

„Ach, viel besser", strahlte Janne. „Ich habe bestimmt etwas Falsches gegessen. Die Aufregung der letzten Tage ist mir wohl auch nicht so gut bekommen."

Das klang plausibel. Jehann entspannte sich langsam wieder.

Als der Schaffner das nächste Mal misstrauisch ins Abteil schaute, hatte er nur Augen für den jungen Mann, diesen Hugo Redder, der Jehann und Janne gegenübersaß.

Der Zug hatte gerade die Wilster Marsch verlassen, da fasste Jehann sich ein Herz und sprach ihn an: „Was will der Schaffner immer von dir?"

Die Aktion mit der Polizei hatten Jehann und Janne zwar am Rande mitbekommen, kannten aber die Hintergründe nicht.

„Ach, sie haben mich aus Dithmarschen rausgeschmissen. Ich darf dorthin wohl nicht mehr zurück."

Jehann traf es wie ein Schlag. Wie schrecklich wäre es, nie wieder in seine Heimat zurückkehren zu dürfen!

Dieser Gedanke war gerade zu Ende gedacht, da wurde Jehann mit voller Wucht klar, dass es ihm selbst nicht anders ging. Solange die Polizei ihn suchte, würde er nicht in seine Heimat zurückkehren können. Unwillkürlich stiegen ihm Tränen in die Augen. Er versuchte, sie schnell wegzublinzeln, ein dicker Kloß blieb aber in seinem Hals.

Dieser Hugo Redder schien davon nichts zu bemerken und setzte seine Geschichte fort: „Nur, weil ich die Reichen angegriffen habe und ihnen sagte, dass sie den Armen etwas abgeben sollten."

Über derartige Sachverhalte hatte sich Jehann noch nie Gedanken gemacht. Es hatte bisher auch noch nie einen Grund dafür gegeben. Er war der Überzeugung, dass jeder, der anpacken konnte, auch genügend Geld zum Leben hätte.

Jetzt war es aber Janne, die mit einem verschmitzten Lächeln auf die hervorgepressten Worte von Hugo Redder reagierte: „Auch die Armen haben ihren Stolz."

Man sah ihr an, dass sie sich sichtlich wohler fühlte; ihre alte Schlagfertigkeit hatte sie gottlob zurückgewonnen.

Verständnislos blickte Hugo Redder sie an: „Ach, was soll's?! Ich bin übrigens Hugo."

Nun stellten sich auch Jehann und Janne vor.

„Wie du dem Schaffner vorhin vor die Füße gekotzt hast, war übrigens große klasse", zwinkerte Hugo Janne zu. Jetzt musste sie erst recht schmunzeln.

Längst lag Dithmarschen hinter ihnen, sie hatten das Hamburger Umland gekreuzt, und der Zug durchfuhr die Vororte der Großstadt. Hugo berichtete von seinem Vorhaben, nach Berlin zu gehen und dort richtig politisch aktiv zu werden.

Jehann und Janne erzählten ihrerseits davon, dass sie sich erst einmal im Hafengebiet umschauen wollten, um Arbeit zu finden, oder vielleicht auch auf einem Schiff anzuheuern.

„Das stellt euch mal nicht so leicht vor", warnte Hugo. „Dort werdet ihr ausgenutzt wie Vieh."

Noch während sich die beiden Gedanken über diese Worte machten, wurde der Zug spürbar langsamer. Die Bremsen kreischten wie gequält, Häuser, Straßen, Menschen huschten vor den Abteilfenstern vorbei. Sie hatten ihr Ziel erreicht: Hamburg!

Der Schaffner tauchte mit Putzzeug auf und forderte Jehann und Janne auf, den Boden zu reinigen. Er warf im Gehen noch einen letzten giftigen Blick auf die beiden, die sich flott daran machten, diese Aufgabe zu erledigen. Und dann verließen sie endlich den Waggon, tauchten in die wuselnde Menge der Ankommenden und Abreisenden ein und atmeten tief durch. Endlich nicht mehr auf Dithmarscher Boden!

Für Jehann war es das erste Mal, dass er außer- halb von Dithmarschen war, dass er überhaupt eine Großstadt sah. Erstaunt blickt er sich um: So viele Leute wie hier hatte er allerhöchstens zu Marktzeiten in Heide auf einem Haufen gesehen!

Janne ging es nicht anders, und sie versuchte, mit den Augen irgendetwas Vertrautes zu fixieren. Verunsichert hielt sie sich an Jehann fest. Er gab ihr Halt!

Und da war noch Hugo, der sich gerade ins Getümmel stürzte – und da waren noch so vie-

120

le andere Menschen. Als ihr Blick auf Jehann ruhte, sah sie seine Tränen. Nach einem kurzen Moment des Überlegens verstand sie: Er hatte sein Zuhause und eigentlich alles verloren, was er bislang hatte.

Doch sie konnte nicht ahnen, was tatsächlich in Jehanns Kopf vorging. Er hatte jetzt schon zum zweiten Mal alles verloren. Zuerst seine Familie bei dem Brand, jetzt seine Heimat und seinen Freund und Vaterersatz Hermann Alster.

Jehann schwankte zwischen all diesen Leibern, die hasteten und drängten, deren Augen starrten und doch nichts sahen, deren Füße keinen Stillstand kannten. Die Menschenmenge schien einem Monster gleich, das jeden verschluckte, der sich ihm näherte.

Jehann war froh und dankbar, Janne in diesem Augenblick an seiner Seite zu haben. Unschlüssig blieben beide an Ort und Stelle stehen. Erst nach einiger Zeit gewöhnten sich die Sinne der beiden mehr schlecht als recht an die ungewohnte Umgebung.

Ratlos, was jetzt zu tun war, steuerten sie zunächst einen nahe- liegenden Laden an, der Wurst und Bier zu verkaufen schien.

12. Juni 1914, Sarajevo

An diesem Abend nahmen nur zwei Frauen Doktor Jurics Dienste in Anspruch. Sie schienen noch nicht lang schwanger zu sein, darum ging die Behandlung schnell und komplikationslos vonstatten.

Der Doktor war mit Jorans Arbeit sehr zufrieden und übergab ihm an diesem Abend ein ganzes Bündel von Dinar-Scheinen. So viel Geld hatte Joran noch nie zuvor verdient! Die Arbeit auf dem Hof war immer selbstverständlich gewesen, und die Pacht hatte bis zum Schluss stets sein Vater eingestrichen.

Nun war Joran unschlüssig, was er mit dem vielen Geld anfangen sollte. Gegessen hatte er bereits, und er war auch schon recht betrunken. So ging er in sein kleines Zimmer, das er seit der Ankunft in Sarajevo bewohnte, und legte sich aufs Bett. Er starrte die Decke an und überlegte, in was für einer verrückten Welt er doch lebte!

Zu Hause in seinem Dorf lebte mittlerweile sicher niemand mehr. Die Natur würde sich dort früher oder später alles zurückholen. Die Natur – ja, die Natur.

Was war das eigentlich „die Natur"?

Sie konnte so wunderschön sein, wenn man das strahlende Rot eines Sonnenaufgangs oder das niedliche Spiel junger Kätzchen beobachtete, dem Zwitschern der Vögel oder dem Donnern eines mächtigen Wasserfalls lauschte, den Duft von Bauerntabak oder Lavendel einatmete …

Aber sie konnte auch so grausam sein. Wenn die Sonne unbarmherzig vom Himmel schien und alles verbrannte. Oder wenn Sturzbäche aus schwarzen Wolken das Vieh und die Ernte ersäuften. Wenn Raubtiere kamen und die Lämmer rissen, oder der wilde Efeu über kurz oder lang selbst den mächtigsten Baumriesen zu Fall brachte. Und es schien niemanden zu geben, der sie in die Schranken wies, diese Natur in all ihrer Wildheit und Unberechenbarkeit.

Aber Halt! Doch, Doktor Juric wies die Natur ja in ihre Schranken. Konnte das richtig sein? Wer hatte das Recht dazu? Wer außer dem Allmächtigen, der alles schuf und alles nahm, gerade wie es ihm in den Sinn kam.

Und wie Joran darüber sinnierte, wer hinter der Natur steckt und warum sie gerade seine Heimat so hart getroffen hatte, schlief er ein. Es war ein tiefer, scheinbar traumloser Schlaf.

Als er am nächsten Tag erwachte, schien schon die Sonne durch das kleine Fenster an der Stirnseite seines Zimmers. Er fühlte sich leer, wie ausgehöhlt. Was sollte er nun weiter mit seinem Leben anfangen? Vielleicht würde er eines Tages so viel Geld verdient haben, dass er sich ein Stück Land pachten konnte. Vielleicht würde er sogar eines Tages nach Hause zurückkehren können.

Ein schöner Gedanke. Dafür musste er allerdings das Handwerk Doktor Jurics fortführen, obwohl er immer noch nicht verstand, wie Frauen so etwas tun konnten, wie sie es übers Herz brachten, ihre werdenden Kinder zu beseitigen.

Erneut in Gedanken versunken, nahm er von draußen einen Tumult wahr. Viele Stimmen, die durcheinander sprachen. Was riefen sie? Es hörte sich an wie „Freiheit, Freiheit, Freiheit."

Joran setzte sich auf und blickte durch das Fenster.

Viele Menschen waren dort, und sie schwenkten Fahnen: „Diese Verräter! Wir wollen diese Kriegstreiber aus Österreich loswerden!"

Joran verstand nicht, was die Leute meinten. Er erinnerte sich an die Worte Dinas: „Zumindest für den Schulbesuch der Landbevölkerung sollten die Besatzer sorgen."

Die Besatzer, wer immer sie auch waren – für den Tod seiner Familie konnten sie gewiss nichts. Oder vielleicht doch?

Joran erhob sich, machte seine übliche sparsame Morgentoilette und trat vor die Tür. Die Sonne brannte ihm ins Gesicht. Wollte es denn immer noch nicht regnen? Vorgestern hatte es einen Schauer gegeben. Dieser würde aber längst nicht reichen, um die vertrocknete Landschaft wiederzuerwecken.

Joran näherte sich dem Menschenauflauf. Von weitem meinte er, Ivica zu erkennen. Gewundert hätte es ihn nicht …

12. Juni 1914, Hofburg in Wien

Erzherzog Franz Ferdinand saß auf einem bestickten Stuhl und konsultierte seine Minister.

„Angesichts des Datums der Niederlage Bosniens auf dem Amselfeld gegen die Osmanen vor 600 Jahren und der aufgeheizten Stimmung würde ich von einem Besuch in dieser Zeit abraten."

„Mein lieber Leopold, ich weiß Ihre Bedenken zu schätzen. Aber mir obliegt es als Generalinspekteur unserer Truppen, dort vorbeizuschauen. Ob es nun der 28. oder irgendein anderer Tag ist, wird für die Leute dort keine Rolle spielen."

„Aus diesem Grund könnten Sie doch von Ihrem Besuch beim Deutschen Kaiser einen Tag früher zurück kommen und entsprechend ein anderes Datum wählen. Erinnern Sie sich doch an die Attentatsversuche in der Vergangenheit!"

„Ach, Berchtold, das wird wohl kaum nötig sein. Wilhelm und ich haben einiges zu bereden. Da wollen wir uns nicht unter Zeitdruck setzen lassen. Es ist Sommer! Entspannen Sie sich."

„Mehr, als Ihnen meine Bedenken kundzutun, steht nicht in meiner Macht."

Minister Leopold von Berchtold erhob sich, salutierte und verließ den Raum.

Der Erzherzog atmete tief durch und seufzte: „Immer diese ängstlichen Beamten …"

Teil 2 – Die steigende Flut

17. Juni 1914, Hamburg

Das Glück war Jehann und Janne hold gewesen. Als sie zum Wurstverkäufer am Bahnhof gegangen waren, gerieten sie an einen spendablen Seemann namens Jan, der ihnen eine ordentliche Mahlzeit ausgab und zudem noch helfende Hände für die Renovierung seines Schiffs suchte. So folgten die beiden ihm zum Hamburger Hafen, wo er ihnen eine Baracke zuwies, in der sie wohnen durften, bis Jans Schiff wieder auslaufen würde.

Jehann war wie erdrückt von dieser großen Stadt und dem geschäftigen Treiben am Hafen. Janne verkraftete diese Atmosphäre besser und konnte sogar schon am ersten Tag beim Streichen der Außenwände des Schiffes helfen. Der Kutter war völlig heruntergekommen und über und über von rostigen Stellen bedeckt; im Inneren stank es nach Fisch und Salz.

Tagsüber, wenn die Sonne um die Mittagszeit senkrecht am Himmel stand, war es unerträglich heiß. Der Boden des alten Kahns knarrte verdächtig, wenn man darüber lief. Jehann war es ein Rätsel, warum sich dieses Wrack überhaupt noch über Wasser hielt.

Jetzt waren die Innenräume an der Reihe. An den Wänden waren überall fein säuberlich Kisten gestapelt. Als Janne sich bei Jan erkundigte, was darin sei, wurde er fuchsteufelswild und schlug sie ins Gesicht: „Nie werdet ihr erfahren, was in diesen Kisten ist. Wenn noch einmal einer von euch fragt, geht ihr über Bord!"

Trotz der Ernsthaftigkeit dieser Situation musste Jehann schmunzeln: Bei einem im Hafen liegenden Schiff über Bord zu gehen konnte nun wahrhaft keine schlimme Strafe sein. Er verkniff sich diese Bemerkung aber. Was der Kapitän meinte, war sofort klar: Wer nach dem Inhalt der Kisten fragte, würde es schmerzhaft bereuen.

Jeden Abend schenkte Jan mindestens drei Flaschen Rum aus, meist trank er selbst davon zwei. Die letzte durften sich Jehann und Janne teilen. Jehann kannte dieses Getränk von Hermann Alster. Wohl auch wegen dieses Rums schliefen die beiden außerordentlich gut in ihrer neuen Behausung. Fisch und Kartoffeln stellten die Zutaten für das tägliche Abendessen dar. Jehann und Janne fühlten sich zwar nicht wirklich wohl in Gegenwart dieses merkwürdigen Seemanns; sie genossen aber die Freiheit und die Tatsache, dass ihre Angst mehr und mehr in den Hintergrund rückte. Hier würden sie keinen Polizisten, keinen lüsternen Vater treffen!

Da Janne und Jehann keine Sachen zum Um-
kleiden bei sich hatten, fingen sie nach ein paar
Tagen an, unangenehm zu riechen. Sie selbst
bemerkten es kaum, da sowieso alles nach Fisch
und altem Öl stank. Jehann war sicher kein
Vorbild auf dem Gebiet der Sauberkeit; ein paar
Mal in der Woche hatte er aber in der Vergangenheit schon seine Kleidung gewechselt! Doch
woher nehmen, wenn nicht stehlen?

Als sie das Problem zur Sprache brachten,
bot Jan ihnen einige seiner Sachen an. Sie waren den beiden viel zu groß, trotzdem nützte es
nach einer Woche nichts, und sie kleideten sich
mit den alten Fetzen des Seemannes. Seine eigene Uniform legte er fast nie ab.

„Du hast an Gewicht verloren, mein lieber Hermann!" Der Arzt tastete über den Oberkörper des einst so starken und kräftigen Bauern. „Natürlich, den Kummer kann ich dir nicht nehmen. Aber du solltest auch an dich denken!"

„Als man Hans Meier fand, hätte ich ihn doch noch aufhalten können. Als ich am nächsten Tag in Heide war, kam es mir so vor, als hätte ich die beiden gesehen. Und ich hatte ihn so sehr vor diesem Frauenzimmer gewarnt!"

„Nun, Hermann, das machst du nicht mehr ungeschehen. Du musst jetzt lernen, deine Zukunft in die Hand zu nehmen."

Fast abwesend stammelte Hermann Alster: „Er hätte den Hof ja gekriegt. Hätte ich ihm die Wirtschaft doch schon früher überschrieben …"

„Hat man eigentlich mittlerweile den Mörder von Hans Meier gefangen?"

Hermann Alster schrak aus seinen Gedanken: „Man vermutet, dass es dieser Kommunist aus Lieth gewesen sein könnte, dieser Hugo Redder."

Der Arzt schüttelte den Kopf: „Der saß doch im Gefängnis. Die Leute reden im Dorf. Warum ist Jehann einen Tag nach dem Mord verschwunden? Natürlich, wir alle kennen Jehann, ein wirklich guter Bursche. Aber du weißt, wie das ist …"

Das wusste Hermann Alster nur allzu gut. Nachdem Jehann nicht nach Hause gekommen war, war er zunächst wütend wie kaum je zuvor in seinem Leben gewesen. Am zweiten Tag gewann dann aber die Sorge die Oberhand. Erstmals in seinem Leben hatte Hermann Alster verschlafen, und seine mittlerweile vor Schmerz wild brüllenden Kühe erst eine gute Stunde später gemolken.

Aber das war jetzt auch schon eine Woche her. Seitdem hatte sich die Flasche, die Hermann Alster sonst nur bei Magenverstimmungen anrührte, merklich geleert.

„Wenn du mich wieder brauchst, dann ruf mich nur. Körperlich bist du in Ordnung. Aber deine Seele, Hermann, deine Seele …"

Der Arzt nahm seine Tasche auf und wandte sich zum Gehen.

„Doktor, bleib noch mal da." Hermann schien beinahe in Panik zu geraten. „Du hast doch auch Kinder. Was kann ich falsch gemacht haben?"

„Ich bin sicher, dass das Verschwinden von Jehann nichts mit dir zu tun hat. Wahrscheinlich ist es dieses Mädchen. Ich möchte mal glauben, dass Jehann in zwei Monaten wieder bei dir ankommt und gesteht, einen Fehler gemacht zu haben."

„Mögest du Recht haben. Gott sei mit dir."

Der Arzt schloss die Tür hinter sich, er fand den Weg nach draußen auch allein; und Hermann Alster griff erneut zu der großen Flasche.

22. Juni, Hamburger Hafen

Als Janne die Innenwand der letzten Kabine wischte, streifte sie mit ihrem viel zu großen Ärmel eine Kiste. Diese begann zu wackeln und zu kippen. Mit der anderen Hand versuchte sie, den Sturz der Kiste abzufangen, riss dabei aber ungeschickt den ganzen Stapel um. Das Poltern dröhnte so laut, dass sie meinte, ganz Hamburg müsse aufmerksam geworden sein.

Sie schlug sich die Hand vor das Gesicht. Die Kisten schienen ein Heiligtum für Jan zu sein! Erst gestern hatte er damit geprahlt, wie wichtig diese Kisten doch seien und was er alles tun würde, wenn der Inhalt sichtbar würde. Zu allem Überfluss war auch noch das Schloss einer der Kisten aufgesprungen, und der Deckel hatte sich einen Spalt weit geöffnet. Selbst wenn sie jetzt tatsächlich nicht hinschaute, würde Jan ihr nie glauben, dass sie wirklich nichts gesehen hatte!

Janne verkrampfte sich noch viel mehr, als sie hinter sich die Tür der Kajüte knarren hörte.

„Was hast du gemacht, Weib!" Jan stand hinter ihr und packte sie an der Schulter. „Jetzt weißt du, was in den Kisten ist. Das hast du doch von Anfang an gewollt! Ich gebe euch Herumtreibern Quartier und füttere euch durch, und du hintergehst mich. Dafür sollst du bezahlen!"

Ähnliche Sprüche kannte Janne bereits von ihrem Vater. Ihn hatte sie mit der Zeit einzuschätzen gelernt. Jan traute sie aber noch einiges mehr zu.

„Du wirst niemandem erzählen, dass ich Waffen und Munition lagere. Der Engländer bezahlt zu gut", zischte er und packte Janne am Kragen.

Zwei Räume weiter war Jehann damit beschäftigt, den Boden des Schiffes mit Teer abzudichten. Die Worte, die Jan an Janne richtete, kamen bei ihm nur als unverständliches Gemurmel an. Er wurde aus dem Seemann nicht schlau. Warum hatte er gerade sie ausgewählt? Und was wollte der Mann mit diesem alten Schiff noch bewerkstelligen?

Jehann hing seinen Gedanken nach, da erklang ein Schrei, den er weitaus besser hören konnte als das vorherige Gemurmel.

War das Janne? Wild und ungestüm ließ Jehann sein Werkzeug fallen und stürzte hinaus auf den Flur.

Da stand Jan und hielt Janne fest umklammert. „Sie hat mitgekriegt, was in den Kisten ist. Nun werdet ihr noch länger meine Gäste sein. Ja, ich repariere Waffen für die britische Armee! Das muss hier in Deutschland niemand mitbekommen, aber hier gibt es nun einmal die besseren Ersatzteile! Als ich euch mitgenommen hab', dachte ich, ihr wäret dumm und würdet euch mit ein bisschen Verpflegung und einem Schlafplatz zufriedengeben. In Wirklichkeit seid ihr gerissen!"

Wer war hier wohl dumm? Janne hätte aus den herumfliegenden Einzelteilen niemals schließen können, dass sie zu irgendwelchen Waffen gehörten. Jan hatte sich selbst verraten! Und nun wussten es Jehann und Janne.

Jehann dachte im Stillen bei sich, welche Armee der Welt diesem heruntergekommenen Menschen in seinem noch viel heruntergekommeneren Schiff die Waffen einer großen Nation anvertrauen würde. Viel hatte Jehann zwar noch nicht von der Welt gesehen; doch er konnte strategisch denken, und Waffen zur Reparatur an Jan zu geben, war ganz sicher keine gute Strategie. Jan schien verrückt zu sein! Nun würden sie weiterziehen müssen. Doch wohin sollte es gehen? Und was war überhaupt ihr Ziel?

Diese Fragen standen jetzt noch nicht an. Jetzt galt es, sich von diesem Kerl zu befreien!

„Ich hab euch gesagt, ihr geht über Bord. Aber wir liegen ja im Hafen. Das stört euch also nicht! Andererseits – wenn ich euch im Genick packe und mit dem Kopf dahinten an die Brücke werfe, sollte das auch reichen!"

Mit einer ausladenden Bewegung zeigte Jan auf eine etwa fünf Meter entfernte Stahlkonstruktion, an der ebenfalls Schiffe festmachten.

In Jehanns Hirn blitzte der Gedanke auf, einfach wegzulaufen – gefesselt waren sie schließlich nicht. Aber der zwei Meter große Seebär mit seinen Armen wie Baumstämme und dem Kreuz eines Bullen flößte den beiden schon gehörigen Respekt ein.

Noch immer hielt er Janne am Schlafittchen: „Wer will zuerst? Es heißt doch immer, Frauen und Kinder zuerst!" Er lachte rau auf. „Ich denke, Janne macht jetzt einen letzten Flug!" Wieder dieses Lachen, das wie Sandpapier auf einem Holzklotz klang. „Mehr als einen Zentner wird sie ja nicht wiegen!"

In diesem Moment kamen Jehann wieder die Worte seines Lehrers in den Sinn „Leg Dich nicht mit dem Schicksal an, weil es Dich stets besiegen kann …"

Das wollte er jetzt nicht mehr hinnehmen! Das Schicksal konnte sich auch nicht alles erlauben, und schließlich spielte Jan hier Schicksal und niemand sonst.

Janne verkrampfte sich, wie sie sich noch nie verkrampft hatte. Selbst die Zeit bei ihrem Vater erschien ihr jetzt wie ein herbeigesehnter Ruhepol. Sie wand und wehrte sich in den Armen des Seemannes.

Jehann schaute sich händeringend nach einer Waffe um, wie er sie auch bei Hans Meier verwendet hatte. Der Hammer – er hatte ihn nur ein paar Räume weiter liegen lassen! Gleichzeitig wurde er sich bewusst, wie nahe Jans Faust neben seinem Kopf baumelte. Sein Blick fiel auf die Rohre, die aus der Kiste gekullert waren.

Gerade als die Angst im Begriff war, ihn zu übermannen, traf ihn die Erkenntnis wie ein Blitz. Auf einmal wusste er, was sich in den Rohren befand: Es waren keine Bestandteile von Feuerwaffen oder Dolche. Nein, was Jan dort in den Kisten verbarg, war etwas viel Wertvolleres, Geheimeres und Mächtigeres!

„So, mein Dirn, jetzt gehen wir mal an die Reling, und dann war es das mit dir."

Jehann konnte nicht glauben, was er da hörte. Man würde die Tat doch sehen! Auf den anderen Schiffen waren doch auch Leute!

Als ob Janne aus Papier wäre, hob Jan sie auf und trug sie mit wankendem Gang zur Reling.

Endlich löste sich Jehann aus seiner Erstarrung und sprang dem Seemann hinterher, der im Begriff war, ihm das Letzte zu nehmen, was ihm geblieben war.

Tatsächlich setzte Jan an, Janne über die Reling zu werfen! Das Mädchen kreischte und zappelte in den starken Armen ihres Peinigers, doch Jan schien ihre beinahe kindlich wirkenden Versuche, sich zu wehren, gar nicht wahrzunehmen. Für ihn war sie kaum mehr als eine lästige Fliege, die man unter dem Daumen zerquetscht …

Jehann rannte zu den beiden, er schrie und trat nach Jans Beinen. Doch es war zu spät! Ein kurzer, spitzer Schrei noch, dann ein dumpfer Schlag. Jans Hände hielten nichts mehr …

Wut, Angst und Verzweiflung weckten ungeahnte Kräfte in Jehann. Er versetzte dem Riesen einen Fausthieb mitten ins Gesicht. Einen solchen Schlag hatte er noch nie ausgeführt! So kraftvoll. So voller Wut. So ganz ohne Kontrolle!

Jetzt war es Jan, der aufschrie, wankte und dann aufs Deck fiel wie ein leerer Jutesack. Das jedoch hielt Jehann nicht auf. Etwas ihn ihm – vielleicht das Gewissen – war mit einem Mal wie ausgeschaltet. Blind vor Zorn, in blutroter Raserei gefangen, entfesselt, ließ er seine Faust wieder und wieder niederfahren und zuschlagen. Wie im Wahn drosch Jehann immer weiter auf den am Boden Liegenden ein. Seine Umgebung nahm er nicht mehr wahr, er hörte nicht die Rufe von den anderen Booten.

Auch die Stimme, die von einem wenige Meter entfernten Gerüst zu ihm drang, nahm er nur wie durch einen Nebel wahr. „Hör auf, hör doch auf, Jehann. Du hast schon jemanden umgebracht!"

Worte, die sein Bewusstsein nicht erreichten. Erst als ihn die Kräfte verließen, sank Jehann zu Boden und fühlte sich schwer wie Blei und müde wie nie zuvor. Er brach in Tränen aus. Alles hatte er verloren, alles!

Jan krümmte sich blutverschmiert am Boden: „Du Idiot", nuschelte er, wobei kleine Fontänen aus Blut aus seinem Mund spritzten. „Du weißt ja nicht, worum es hier geht. Du begreifst nichts!"

Jehann dröhnten die Ohren. Er verstand kaum, was der röchelnde Jan sagte, sah nur die Blutspritzer, den mächtigen Körper, der sich vor Schmerzen krümmte.

Schließlich wurden Jans Atemzüge ruhiger, er schloss die Augen, sein Stöhnen wurde leiser. Jehanns Gedanken klärten sich, jetzt nahm er seine Umgebung wieder wahr.

Durch den Tränenschleier erblickte er die Papierrollen, welche aus den Kisten gerollt waren und die Aufschrift „STRENG GEHEIM" trugen. Das Totenkopfsymbol auf dem Papier erkannte Jehann auch, ohne weitere Worte entziffern zu können; was es bedeutete, konnte er hingegen nur vermuten. Er erinnerte sich an Geschichten, die Tante Grete ihm erzählt hatte – Spione kennzeichneten ihre Nachrichten oft mit einem solchen Symbol, um unbedarfte Leser von vornherein abzuschrecken. Jan war ein Spion?!

„Sie lebt, du Idiot. Sie ist zur Brücke hinüber geschwommen."

„Jehann, was hast du getan?" Jetzt schien es, als ob Jannes Stimme durch das Rauschen, das ihn von allen Seiten umgab, an seine Ohren drang.

„Sag ihr, was du getan hast!"

War das Janne da drüben? Wirklich seine Janne? War er jetzt derjenige, der starb? Nein, tatsächlich – das war Janne! Wie hatte sie das überleben können?

„Jehann, ich lebe. Ich lebe, du dummer Junge!"

Was hatte er getan! Wie es schien, hatte er Jan zumindest schwer verletzt. Aber Janne lebte. Ja, sie lebte!

Er brach in ein hysterisches Gelächter aus.

„Ich kann nicht rüberkommen. Ich glaube, ich habe mir die Beine gebrochen. Hol mich doch."

Jehann begriff jetzt endlich wirklich. Die Realität kroch zurück in sein Bewusstsein. Da drüben auf der Brücke, das war Janne, und sie wollte, dass er sie holte, weil sie verletzt war.

Als sich Jehann erhob, merkte er erst, dass Jan auch ihm Blessuren zugefügt hatte. Seinen linken Arm konnte er kaum bewegen, und sein Kopf dröhnte. Aber was spielte das schon für eine Rolle? Wichtig war nur eines. „Janne, ich komme. Du lebst, du lebst!"

Unbeholfen und mit reichlich Anstrengung gelang es Jehann, über die Reling zu klettern und zu ungelenken Schwimmbewegungen anzusetzen. Selbst im Wasser empfand er bei jedem Zug der Arme und Beine Schmerzen. Nach einer gefühlten Ewigkeit erreichte er Janne.

Sie blickte sehr ernst, aber keineswegs verzweifelt. Mit beiden Händen hielt sie sich auf dem wenige Zentimeter breiten Vorsprung fest, der von der Stahlkonstruktion ins Wasser der Elbe ragte. Der Stoff rund um ihr linkes Bein hatte sich tief rot verfärbt. Sie musste damit irgendwo aufgeschlagen sein.

„Ich helfe dir, warte", keuchte Jehann, während er gegen die Strömung des Flusses anschwomm.

Er hatte sie kaum erreicht, da merkte er, wie feucht und rutschig die Konstruktion war, auf der Janne nur mit Mühe Halt fand. Zu seinem Entsetzen sah er, dass Janne sich nicht mehr lange halten konnte; schon rutschte sie in Richtung Wasser!

Möwen kreisten über den beiden, schrien und schienen sie zu verspotten.

Panik blitzte in Jannes Augen auf. „Jehann, hilf mir doch, Hilfe!"

Die seichten Wellen der Elbe leckten bereits an ihren Beinen, ihrer Hüfte. Sie würde versinken, von eben jenen kleinen Wellen verschluckt werden, hinabsinken, weil sie mit gebrochenen Beinen niemals würde dagegen ankämpfen können!

Mit letzter Kraft gelang es Jehann, sich so weit auf den winzigen Vorsprung zu hieven, dass er Janne sichern konnte ohne selbst dabei immer wieder von den harmlos scheinenden Elbewellen zurückgezogen zu werden.

24. Juni, Sarajevo

Joran hatte auch in den letzten Tagen Doktor Juric geholfen und dafür gutes Geld erhalten. Ihm kam der Gedanke, dass der Lohn so gut war, damit er das Tun des Doktors nicht anzeigte oder mit anderen darüber redete. Es war vielleicht eher ein Schweigegeld denn ein Verdienst …

Diese Idee verwarf Joran sofort wieder. Stell keine Fragen, dachte er bei sich. Nimm das Geld und nutze es. Der Lohn ermöglichte es ihm, in ein größeres Zimmer zu ziehen und gegen Bezahlung erstmals mit einer Frau zu schlafen. Das Nachtleben Sarajevos konnte durchaus reizvoll sein. Mit Geld ließ sich beinahe alles erwerben: Alkohol, Essen, Freunde und Frauen.

Unheimlich waren ihm nur die großen Volksversammlungen. Fast jeden Abend, wenn er von der Taverne, in der Doktor Juric seine Behandlungen durchführte, in sein Zimmer zurückkehrte, begegneten ihm Fahnen schwen- kende Gruppen, die aus vollem Hals „Weg mit den Besatzern!" oder „Freiheit für unser Volk!" riefen. Joran konnte sich zwar vorstellen, dass diese Demonstrationen mit der österreichisch-ungarischen Herrschaft zu tun hatten, ihm machten diese Menschenmassen aber eher Angst. Darum hielt er sich von ihnen möglichst fern.

Eines Abends aber geriet er trotz aller Vorsicht in einen solchen Menschentross. Er wurde einfach von Fremden untergehakt, man drückte ihm eine Fahne in die Hand. Sogar Polizisten sah Joran, die sich der Bewegung angeschlossen hatten und Spruchbänder schwenkten.

In sich spürte er, wie die Stadt brodelte, wie es unter der dünnen Oberfläche siedete und alles, einfach alles, vor einer Art Explosion zu stehen schien. All diese Menschen, ihre Rufe, das gemeinsame Marschieren – ohne zu wissen wie, ließ sich Joran an diesem Abend von der Menge mitreißen und von den Parolen anstecken. Wenige Schritte nur, schon trommelten seine Stiefel mit denen neben ihm im Gleichklang; es war wie das Schwimmen auf einem ruhigen Fluss, der einen sanft mit sich trug. Ein Leichtes war es da, die eigene Stimme zusammen mit all den anderen Stimmen zu erheben und zu grölen, Freiheit zu fordern.

Stundenlang zog ihn die Menge mit sich, und als sich der Demonstrationszug am frühen Morgen auflöste, fühlte sich Joran wie ausgewechselt. Ihm strömte das Blut durch die Adern, und sein Herz hämmerte ihm gegen die Brust, als wolle es sich aus dem Käfig der Rippen befreien. Was für eine unglaubliche Stadt!, dachte er euphorisch. Und welch ein großartiges Volk, dem ich da angehöre!

22. Juni, Hamburger Hafen

Es war Jehann nur unter aller größten An-
strengungen gelungen, Janne vom Vorsprung
der Brücke zu heben und sie zurück zum Boot
zu bringen. Ihre Schmerzensschreie taten ihm
selbst fast körperlich weh, ihr Wimmern zerriss
ihm beinahe das Herz.

Als sie endlich das Boot erreichten, röchelte
Jan etwas Unverständliches. Ein Schwall Blut
spritzte zwischen seinen aufgerissenen Lippen
hervor. Schwach hob er noch einmal kurz die
Hand, dann ging ein Zittern durch seinen Körper. Und schließlich hörte er auf zu atmen. Jan
erlag seinen Verletzungen.

Janne schrie Jehann unter Tränen an, wie sie
ihn noch nie angeschrien hatte: „Du bist tatsächlich ein Mörder, ein durchtriebener Schläger!"

Trotz der Behinderung aufgrund ihrer Beine
hatte sie noch die Kraft, mit ihren kleinen Fäus-
ten auf Jehanns Brust einzuschlagen.

Jannes Worte trafen Jehann schmerzhafter als
ihre Schläge. Wie konnte sie ihm einen Vorwurf
machen?

„Er hätte dich fast umgebracht. Wäre dir das
lieber gewesen?", fragte er fassungslos.

Doch Janne brachte nichts weiter als ein ver-
zweifeltes Schluchzen hervor.

Auf seinen Schultern trug Jehann das Mädchen schließlich zur Seemannsmission, wo er einen Arzt wusste. Lediglich der Matrose eines Nachbarschiffs rief ihnen hinterher: „Ihr habt euch ja ordentlich gekloppt. Aber der Jan war auch ein Komischer."

Der Arzt, ein älterer Mann mit weißem Haarkranz und auffallend großer Nase, untersuchte Jannes Beine, schiente sie schließlich und fixierte sie mit Gipsbinden. Mit Tränen in den fest zugekniffenen Augen ertrug das Mädchen die Tortur, nur hin und wieder konnte es ein leises Wimmern nicht zurückhalten. Jehann fühlte sich in diesem Moment zu schwach, um ihr Trost zu spenden. Er dachte sorgenvoll an das weitere Vorgehen – denn an Laufen war für Janne nicht zu denken!

Der Arzt wies sie in ein Spital im Stadtteil St. Georg ein. Ein Automobil brachte sie und Jehann dorthin. Jehann half nach Kräften, sie auf ein Zimmer zu bringen, da der Fahrer schon den nächsten Auftrag hatte und nicht behilflich sein konnte. Der lange, sandige Weg vom Automobil zum Zimmer bereitete sowohl Jehann, als auch Janne Schmerzen.

Im Zimmer angekommen, hatte Janne nichts, was sie hätte in den Schrank räumen können. Jehann half ihr auf das Bett und legte behutsam eine Decke über ihre Beine. Im Raum, dessen weiße Wände im Licht der hereinfallenden Sonne unheimlich flimmerten, gab es nur noch einen wackeligen Stuhl einen Tisch, auf dessen abgegriffener Platte eine alte Petroleumlampe stand, die man wegen der sommerlichen Helligkeit wohl kaum würde anzünden müssen.

Zu Jehanns großem Glück erlaubte man ihm, bei Janne zu bleiben. Es herrschte Personalmangel, und man beauftragte Jehann sogar, einen Blick auf die Patientin zu werfen. Beiden wurde weiße Kleidung ausgehändigt – aus Hygienegründen, wie man ihnen sagte – doch wegen ihrer Schmerzen konnte Janne die ihre nicht anziehen.

Die ersten Untersuchungen fanden kurze Zeit später statt. Es gab zu Jehanns und Jannes großem Erstaunen sogar ein Gerät, das Bilder aus dem Inneren des Körpers machen konnte. Ein Arzt namens Doktor Krüger nannte es Röntgengerät.

Durch die verschwommenen Bilder von Jannes Knochen konnte der Arzt feststellen, dass diese zwar schwer geprellt, nicht aber gebrochen waren.

Jehann atmete das erste Mal an diesem Tag tief durch. Er konnte sein Glück nicht fassen. Dass Janne diesen Sturz überlebt hatte, grenzte wirklich an ein Wunder. Trotz dieser Erleichterung wurde ihm bewusst, dass er wieder fliehen musste. Mindestens ein Matrose konnte bezeugen, dass er sich mit Jan geprügelt hatte, und dann war es nicht mehr weit bis zur Vermutung, dass er der Mörder des Seemanns war. Aber war er denn tatsächlich ein Mörder? Steckte ihm am Ende das Böse in den Genen? Niemand wusste, von wo er gekommen war, wer seine Eltern waren.

Er schüttelte unwillig den Kopf. Was nützten denn solche Überlegungen? So oder so mussten sie jetzt hier aufbrechen.

Doch wie sollte er Janne mitnehmen? Selbst wenn ihre Beine nicht gebrochen waren, würde es dennoch Tage dauern, bis sie halbwegs wieder würde laufen können.

Heute würde ohnehin nichts mehr möglich sein. So legte sich Jehann auf ein Tuch neben Jannes Bett.

Schlafen konnte er allerdings nicht. Er war angespannt, immer wieder gingen ihm diese Gedanken durch den Kopf: Wem hatten sie auf dem Schiff gedient? Was hatte er mit Jan gemacht? War er wirklich ein Mörder? Wie lange würde es dauern, bis sie ihn wegen der zwei Morde hinrichten würden?

Halb träumend, sah er sich schon mit einer schwarzen Augenbinde, die Hände auf den Rücken gebunden. Ein wortkarger Henker führte ihn ohne jede Gemütsregung zum Galgen …

Ob es weh tun würde, erhängt zu werden? Wie schnell würde man nichts mehr spüren?

Jehann hatte schon einmal einen erhängten Menschen gesehen. Der alte Schuster war's gewesen. Er hatte sich an einem Baum im Wrohmer Wald aufgeknüpft. Die Augen waren hervorgequollen, und sein Genick schien gebrochen zu sein.

All diese finsteren Gedanken kreisten in Jehanns Bewusstsein, ohne dass er sie hätte abstellen können. Er hörte die Geräusche draußen auf dem Flur, wie Krankenschwestern Patienten in Rollstühlen in die Behandlungszimmer rollten. Husten, schlurfende Schritte, Krücken auf den abgewetzten Holzdielen des Flures. Quirtsch, tock; quirtsch, tock …

Ein solches Treiben hatte Jehann nicht erwartet. Auch hier fühlte er sich von der Stadt überfordert. Janne hingegen atmete ruhig und tief. Sie schlief und schien sich zu erholen.

Jehann schauderte es, als er einen Arzt sagen hörte, dass man dem Seemann nicht mehr helfen könne, dass jede Mühe da vergebens gewesen sei. Offenbar hatten sie Jan gefunden. Waren sie ihm, Jehann, bereits auf der Spur?

Jeden Moment erwartete Jehann, dass die Tür aufgehen und Polizisten ihn in Handschellen und mit vorgehaltener Waffe ins Gefängnis bringen würden. Aber nichts geschah.

Als die Vögel draußen zu singen begannen, war für Jehann an Schlaf nicht mehr zu denken. Er setzte sich auf. Jannes Atem ging immer noch ruhig und gleichmäßig. Da Jehann seine Notdurft verrichten musste, erhob er sich und schlich auf den Flur, wo er ein erstaunlich sauberes Klosett aufsuchte.

Zurück im Krankenzimmer sah er, dass Janne erwacht war. Sie rieb sich verwundert die Augen und flüsterte: „Wo sind wir?"

„Du bist im Krankenhaus. Erinnerst du dich nicht? Der Arzt von der Seemannsmission hat uns herbringen lassen."

„Mein Kopf", stöhnte Janne und fasste sich unsicher an die Stirn. „Mir ist so schwindelig." Erst jetzt fiel Jehann auf, wie blass sie war. Ihre Augen waren schwarz gerändert, ihre Unterlippe zitterte.

„Was ist los mit dir?", fragte er besorgt und nahm ihre Hand. Sie war eiskalt.

„Ich weiß nicht, mir ist so schwindelig und furchtbar schlecht."

Von der Sorge um Janne getrieben, stürzte Jehann auf den Flur. Er schaute um jede Ecke, lief die Gänge auf und ab, doch er konnte weder eine Schwester noch einen Arzt finden.

Als er eine halbe Stunde später zurück ins Zimmer kam, war Janne schon wieder eingeschlafen. Ihr Atem ging jetzt aber bei Weitem nicht mehr so regelmäßig wie noch in der tiefen Nacht. Immer wieder stöhnte sie leise, schien dann die Luft sekundenlang anzuhalten.

Von draußen vernahm Jehann endlich Geräusche. Er vergaß die Angst davor, von der Polizei entdeckt zu werden und öffnete hastig die Tür. Am Ende des Flures erblickte er eine Frau mit weißem Häubchen und einfachen Pantoffeln, die an einem Waschzuber Kleidung und Tücher wusch. Sofort platzte es aus ihm heraus: „Mit Janne ist es schlecht. Sie atmet ganz schnell!"

Die ältere Frau legte behutsam die Tücher beiseite und wandte sich Jehann zu. „Ist Janne dein Mädchen?"

Jehann nickte: „Sie liegt hier." Er deutete auf die Tür hinter sich.

„Du kannst von Glück sagen, dass wir gerade nicht viele Patienten haben. Sonst wäre deine Janne sicher in ein Zimmer gekommen, in dem noch zwanzig andere liegen. Ich schau' mal nach ihr."

Jannes Zustand hatte sich noch verschlechtert. Sie zitterte am ganzen Leib und hatte sich übergeben. Es roch säuerlich und schlecht. Jehann verschlug es die Sprache. Kein normaler Atemzug war mehr von Janne zu vernehmen, sie hechelte vielmehr wie ein Hund, der halb am Verdursten war.

„Um Himmels willen! Was … was ist mit ihr?"

„Du solltest Abschied von ihr nehmen", sagte die Schwester leise und bedächtig. „Ihr Kopf scheint mir nicht mehr in Ordnung zu sein. Sie krampft und hat alles vollgespuckt."

Diese nüchternen Sätze zogen Jehann den Boden unter den Füßen weg. Wie von einer fremden Macht getrieben, fiel er auf die Knie und faltete die Hände zum Gebet: „Ich bereue alles. Ich habe getötet und bereue alles …"

Die Schwester nahm kaum Anteil an Jehanns Worten. „Ich hole den Pastor", sagte sie nur. „Wir haben momentan einen Arzt hier, aber der kümmert sich um zwei Entbindungen!"

Aus Jehann aber brach es heraus, als wäre in ihm ein Damm gebrochen: „Ich weiß, dass ich ein schlechter Mensch bin. Aber warum nimmst du nicht mich, sondern sie?"

Tränen liefen ihm über das Gesicht, er schluchzte und stammelte Worte, die an einen Gott gerichtet waren, den er in diesen schweren Augenblicken ungerechter fand als je zuvor.

Es dauerte, bis die Schwester mit einem jungen, hageren Mann wiederkam, der unter seinem schwarzen Haar fast so blass wirkte wie Janne: „Das ist Pastor Struwe. Er wird euch begleiten."

„Danke, Schwester Margarete", sagte der Kirchenmann leise. Und an Jehann gewandt: „Mein Sohn, ich bin Pastor Struwe. Wie heißt du?"

Jehann nannte unter Schluchzen sowohl seinen, als auch Jannes Namen.

Der Pastor legte beruhigend die Hand auf Jehanns Arm: „Lass dir gesagt sein, die Medizin ist nicht alles. Der Herr kann Wunder tun, und wenn er euch wohlgesonnen ist, wird er Janne noch bei dir lassen."

Warum sollte der liebe Gott gerade ihm einen Gefallen tun? Ihm, der schon zwei Menschen getötet hatte? Aber –waren nicht die Menschen, deren Leben er beendet hatte, die wahrhaft Bösen? Und wer war er selbst überhaupt, dieses beurteilen zu wollen? Er hatte seinen Freund, Mentor und Ziehvater Hermann Alster ohne Abschied verlassen. Nur weil er einem Mädchen nachgestiegen war, dessen Vater sicher eine arme Kreatur war.

All diese Gedanken kreisten durch Jehanns Kopf, schrien ihn laut an, sodass er das Vaterunser des Pastors kaum mitbekam. Erst als dieses Gebet der Gebete beendet war klärten sich Jehanns Empfindungen langsam.

„Bleib du jetzt bei ihr", sagte der Pastor mitfühlend. „Sie braucht dich. Alles andere entscheidet der Herr allein!"

Er wandte sich zum Gehen, doch Jehann zog ihn am Ärmel seiner Jacke: „Warten Sie kurz."

„Mein Jung, was kann ich noch für dich tun?"

„Ich habe großes Unrecht getan. Ich habe zwei

Menschen umgebracht, die Janne bedroht hatten. Es war nicht meine ... ich wollte es nicht!"

„Wenn es wirklich keinen anderen Ausweg gab, wird dir verziehen."

Mit diesen Worten verließ der Pastor das Krankenzimmer. Das Sterbezimmer ...?

Als der Pastor gegangen war, setzte sich Jehann an Jannes Bett. Schwester Margarete putze das Erbrochene weg, wenig später brachte sie ihm Brote und Kaffee. Er rührte nichts an, lauschte nur die ganze Zeit auf Jannes Atem.

Als es gegen Nachmittag ging, wurde das Röcheln und Pfeifen aus Jannes Lunge leiser und ruhiger. Schwester Margarete kam, tupfte ihre Stirn ab und legte einen kalten, nassen Lappen darauf. Als ob die Berührung der Schwester einen Mechanismus in Gang gesetzt hätte, fing Janne erneut an zu hecheln und zu krampfen.

Kurze Zeit später schaute auch Doktor Krüger nach dem Mädchen, und Jehann musste den Raum verlassen.

Er versuchte, nicht weiter nachzudenken. In ihm tobte nur die Angst, dass er Janne nie wieder lebendig sehen würde.

Es dauerte lange, bis Doktor Krüger und Schwester Margarete ihn wieder ins Zimmer riefen. „Sie hat viel Blut verloren", erklärte der Arzt ernst. Zwar schaute er Jehann direkt an, doch schien der Blick unter seiner gerunzelten

Stirn durch ihn hindurch zu gehen. „Dein Mädchen hatte eine Fehlgeburt. Es scheint aber, dass sie sich wieder erholen kann."

Jetzt war es Jehann, dem schlecht wurde: „Sie hatte ein Kind in sich gehabt?"

„Ich dachte, das wüsstest du. Sie war schon recht weit. Aber sie hatte wohl viel Stress in der letzten Zeit. Das hat das Kleine nicht verkraftet."

Was war das für eine verrückte Welt, dachte Jehann. Ein Mensch ist gestorben, dafür kann ein anderer überleben …

Doch in seinem Innern breiteten sich auch große Erleichterung und Freude aus: Janne würde überleben! Nur – wer war der Vater des Kindes? Er hatte sie als Jungfrau kennengelernt. Andererseits – wer wusste, was in ihrem väterlichen Haus passiert war? Und überhaupt, was hieß, dass das Kind schon „recht weit" gewesen war? Sobald sich Janne erholt hätte, würde er sie fragen.

Das tote Kind hatte Doktor Krüger in einer abgedeckten Nierenschale mit nach draußen genommen und, so vermutete Jehann, einfach weggeworfen. Schwester Margarete hatte das Bett frisch bezogen und ihr ein neues Laken als Zudecke gegeben. Janne war gründlich gewaschen worden; sie schlief nun, und endlich war ihr Atem ruhig und gleichmäßig. Ihre Gesichtszüge entspannten sich zunehmend, es schien ihr von Minute zu Minute besser zu gehen.

Reglos saß Jehann Stunde um Stunde an ihrem Bett. In seinem Kopf wirbelten die Gedanken. Nun hatten schon einige Leute sein Geständnis gehört und ihm entweder nicht geglaubt oder sogar gutgeheißen, was er getan hatte. Er war verwirrt. War es letztlich doch nicht so schlimm, dass er jetzt bereits zwei Menschen durch seine reine Körperkraft getötet hatte? Er konnte es sich kaum vorstellen.

Gegen Abend versuchte Jehann vorsichtig, mit Janne zu sprechen. Doch sie murmelte etwas von einem schwarzgewandeten Mann und dass sie noch schlafen wolle. Jehann ließ daher von ihr ab und legte sich selbst auf sein Lager. Er merkte erst jetzt, wie müde er war und wie sehr er den Schlaf brauchte.

Als die Vögel zu singen begannen, erwachte er. Auch auf dem Hof war man stets früh auf den Beinen gewesen. Diese innere Uhr war in Jehanns Körper unabänderlich verankert.

Noch schlaftrunken erkannte er, dass Janne in ihrem Bett saß. Fast glaubte er zu träumen, doch da sprach sie: „Ich lebe! Gott sei Dank, ich lebe!"

„Ja, mein Liebling, du lebst", erwiderte Jehann zärtlich. Noch nie zuvor hatte er sich so zu ihr hingezogen gefühlt wie in diesem Moment!

„Welchen Tag haben wir heute?" Janne hatte durch all die Strapazen und durch ihr Fieber, durch diese schreckliche Nähe zum eisigen Tod gänzlich ihr Zeitgefühl verloren.

Jehann wusste es auch nicht genau. Er erinnerte sich aber, dass er auf dem Weg ins Krankenhaus Marktleute mit ihren Ständen gesehen hatte. Er schloss daher, dass es wohl Samstag oder Sonntag sein müsse und, wenn er die Länge der Tage richtig einschätzte, war es wohl Ende Juni. So konnte er Janne – und auch sich selbst – zumindest eine ungefähre zeitliche Orientierung geben.

„Du musst dich damit abfinden. Jehann kommt nicht wieder. Wahrscheinlich ist er tot, er hätte dich sonst nicht einfach im Stich gelassen!"

Peter Jansen blickte seinen Nachbarn, den einst so stattlichen Landwirt, mitfühlend an. Hermann Alsters Gesicht war von Tränen und Alkohol verquollen. Sein Bart erschien wie Gestrüpp, die Wangen waren blass und eingefallen. Seine Stimme klang so rau wie nie zuvor. Von ganz unten kam sie, von einem Ort in seinem Leib, an dem es dunkel zu sein schien und kalt.

„Und ich sage dir, er lebt", tönte es jetzt beinahe knurrend aus dieser kalten Dunkelheit. „Verlass dich drauf. Eines Tages kommt er wieder. Janne Jörgens ist doch auch verschwunden. Mit ihr ist er durchgebrannt, mit diesem Luder!"

„Mein lieber Hermann, die Hoffnung stirbt zuletzt. Ich möchte vermeiden, dass du zerbrichst, wenn die Annahmen zur Gewissheit werden. Und ich weiß, wir Leute in der Kirchengemeinde sollten uns nicht zu weit aus dem Fenster lehnen, aber trink nicht so viel. Du ruinierst dir alles."

„Was ist denn noch da zum ruinieren?" Jetzt brach Hermann in lautes Schluchzen aus. Sein Freund und Nachbar legte ihm eine Hand zur Beruhigung auf die Schulter.

Obwohl Janne schon wieder aufrecht im Bett saß, war sie doch sehr blass, was – wie Jehann vermutete – wohl vom Blutverlust herrührte. Ihre Stimme war leise und kratzig: „Ich kann mich an gar nichts mehr erinnern. Wie sind wir vom Schiff gekommen?"

„Du bist anders vom Schiff gekommen als ich", musste Jehann nun schmunzeln.

Janne bemühte sich, ihren Kopf zu schütteln. Doch Jehann merkte, wie schwer es ihr fiel. Eine Krankenschwester betrat das Zimmer und brachte Janne einen großen Teller mit belegten Broten: „Du musst ordentlich essen, mein Dirn. Du hast viel Blut verloren."

Dankbar, allerdings noch etwas vorsichtig, machte sich Janne an ihr Essen.

27. Juni, Sarajevo

Joran ging immer häufiger zu den allabend-
lichen Aufläufen und erfuhr, dass am morgigen
Sonntag der Erzherzog Franz Ferdinand aus
Wien anreisen würde, um einen Truppenbe-
such vorzunehmen. Das Manöver der österrei-
chisch- ungarischen Streitkräfte war längst auch
ihm ein Dorn im Auge.

„Man müsste ihn beschimpfen, bespucken
und noch viel mehr", fantasierte er im Beisein
von Ivica und einigen anderen Jungs.

„Dann landest du im Gefängnis und nichts ist
gewonnen", beschwichtigte Igor, ein älterer Mit-
streiter.

„Ich glaube, es wird etwas geschehen", meldete sich Ivica zu Wort. „Ich bin mir nicht sicher,
was es sein wird, aber es brodelt einfach zu sehr,
als dass alles so weitergehen kann wie bisher. Etwas wird geschehen!"

„Du magst Recht haben", schaltete sich ein
groß gewachsener, breitschultriger Mann von
Anfang zwanzig ein; Jorans Frage „Was denkst
Du?" ignorierte er aber, drehte sich um und
ging weg. Auf Jorans Frage hin, wer dieser ent-
schlossen, aber unnahbar wirkende Mann denn
sei, hieß es aus der Runde nur „Gavrilo, Gavrilo
Princip". Darüber hinaus machten die Männer

aber nicht den Eindruck, mehr über Gavrilo und weitere Vorhaben erzählen zu wollen.

Das war das Zeichen für Joran, auch nach Hause zu gehen. Er war müde vom Marschieren und Schreien. Gleichzeitig hielt ihn seine Aufregung aber im Bann. Was könnte denn geschehen, wovon sprachen die Leute hier?

Mit Doktor Juric besprach er diese Dinge nie. Der schien ohnehin nur an seinen Behandlungen interessiert zu sein. Sobald Joran einmal das Thema wechselte, überhörte er ihn scheinbar und ignorierte ihn. Längst schon hatte Joran es darum aufgegeben, mit dem Doktor über etwas anderes als dessen schändliche Tätigkeit zu reden. Und die war inzwischen zur Routine geworden; Gewissensbisse gab es deswegen kaum noch. Sollten die Weiber doch ihre ungeborenen Kinder verbrennen lassen, wenn sie es so wollten. Joran war es beinahe gleich. Er fühlte sich bei seinen männlichen Volksgenossen ohnehin besser aufgehoben. Die verstanden etwas von Politik, durchblickten das System und waren Kameraden.

27. Juni 1914, Böhmen, Landsitz des deutschen Kaisers

Erzherzog Franz Ferdinand von Österreich, seine Frau Sophie und der deutsche Kaiser Wilhelm II. saßen am Frühstückstisch.

„Und Ihr wollt heute wirklich nach Sarajevo aufbrechen? Wir könnten noch in Ruhe angeln gehen und ein paar schöne Stunden in der Bibliothek verbringen."

„Mein lieber Wilhelm, ich kann nicht sagen, dass ich große Lust habe. Doch muss ich mal bei den Truppen vorbeischauen, ein paar Fabriken inspizieren, und Oskar Pottiorek will mich auch treffen. So sei es dann."

„Wir kommen sicher bald wieder. Der Sommer ist ja noch lang", mischte sich Sophie ein.

„Hört, hört, nun bestimmt Eure Frau schon Eure Reisepläne. Mir soll es recht sein". Wilhelm lehnte sich genüsslich in seinem Sessel zurück.

„Für eine Partie Skat mit meinem Freund wird aber schon noch Zeit sein", gab Franz Ferdinand zurück. „Wir werden gegen zwei Uhr am Mittag mit dem Automobil aufbrechen. Dann machen wir sicher noch Zwischenstation, und morgen dann geht es an die Politik."

„Das ist ein Wort, mein Lieber. Sophie mag sich währenddessen im Garten vergnügen."

„Ich weiß schon, wann man Männer besser allein lässt", schmollte Sophie mit gespielter Empörung. Nicht, dass sie auch nur einen Moment Lust gehabt hätte, den Männern beim Spiel Gesellschaft zu leisten. Sie ging dann doch lieber in den Garten, zumal sehr schönes Wetter war.

Aber nur zwei Stunden später blies der Erzherzog zum Aufbruch: „Mein Hieberl, wir werden heute Nacht Gäste des Bürgermeisters sein. Das heißt, wir können nun bald los. Hans glüht auch schon den Wagen vor. Durch die Schleichwege, die wir nehmen, brauchen wir ohnehin länger."

Seufzend willigte Sophie ein. Sie hatte es sich gerade mit einem Buch im Schatten eines Aprikosenbaumes bequem gemacht. Von weitem sah sie schon den Chauffeur Hans, der ein paar große Taschen in den bereitstehenden Mercedes lud. Langsam stand sie auf und ging in Richtung des Wagens, nicht aber ohne noch einmal ihr hübsches Gesicht der hellen Sonne zuzuwenden.

27. Juni 1914, Hamburg

Nachdem Janne zwei der fünf Brote gegessen hatte, die vor ihr auf einem schlichten Holzbrett lagen, schien es Jehann, als ob die Farbe langsam wieder in ihr Gesicht zurückkehrte. Erst jetzt fiel ihm auf, wie hungrig er selbst war.

„Greif nur zu, für mich reicht es erst mal", ermunterte Janne ihn; dankbar kam Jehann dieser Aufforderung nach.

Nachdem auch er sich gestärkt hatte, stiegen wieder die dunklen Gedanken in ihm auf. Was, wenn man herausfinden würde, dass er den Seemann auf dem Gewissen hatte? Die Worte von Pastor Struwe hatten zwar gut getan – es war beruhigend anzunehmen, dass der Herrgott ihm verzeihen mochte – doch vor der Polizei würde ihn das nicht retten!

„Habe ich dir schon gesagt, wie dankbar ich dir bin?" Jannes Stimme riss ihn aus seinen Grübeleien.

„Du hast mich jetzt schon zwei Mal gerettet. Das würde sicher auch die Polizei so sehen."

Da war sich Jehann aber alles andere als sicher. „Wir müssen hier schnellstmöglich weg", gab er zurück.

Ohne jede Vorankündigung, ohne jedes Anklopfen öffnete sich die Tür. Jehanns Herz drohte stehenzubleiben. War ihm die Polizei schon auf den Fersen? Lauschte man an der Tür?

Doch es war Schwester Margarete, die eintrat. Tatsächlich hatte sie seine letzten Worte vernommen und sprach: „Ihr wollt schon wieder weg? Damit wird der Doktor nicht einverstanden sein. Janne kann doch noch gar nicht wieder ordentlich laufen."

Damit hatte sie zweifelsohne Recht. Doch was nützte das Abwarten, wenn sie nur Wochen später an einem Strick hängen würden?

„Wir wollen schon irgendwann wieder weg", entgegnete Janne geistesgegenwärtig. „Aber noch nicht jetzt."

„Na, dann ist ja gut. Gleich ist Visite, der Doktor kommt und schaut dich noch mal an, Janne." Sie hatte es kaum ausgesprochen, da zeichnete sich schon Doktor Krügers Gestalt im Türrahmen ab.

„Wie geht es denn unserer Patientin heute?"

„Schon viel besser. Mir schmeckt auch das Brot wieder", gab Janne zur Antwort.

„Ein gutes Zeichen. Was machen die Beine?"

Janne berichtete, dass sie diese wieder bewegen könne und der Schmerz deutlich nachgelassen habe. Zufrieden zog Doktor Krüger die Bettdecke zurück, um selbst einen Blick auf die gestern noch so geschwollenen und schmerzenden Beine zu werfen.

„Deine Frau erholt sich gut", sagte er zu Jehann gewandt. „Ich denke, in ein paar Tagen kann ich sie entlassen."

Die paar Tage gefielen Jehann überhaupt nicht; am liebsten hätte er schon jetzt ihre Flucht fortgesetzt.

Aber Janne sagte: „Das klingt gut. Ich kann mich dann noch etwas erholen."

In dem Moment sprang die Tür auf – und Jehanns Albtraum wurde Wirklich- keit!

„He, du da! Du kommst jetzt mal mit zur Wache!" Zwei Uniformierte bauten sich vor dem einzigen Fluchtweg auf wie eine Mauer. Mit seinem Finger, der Jehann unwillkürlich an einen Dolch erinnerte, zeigte der Größere von ihnen spitz auf den Jungen. „Es besteht der Verdacht, dass du ein Mörder bist."

Über das auch in Dithmarschen überall gebräuchliche „Du" wunderte sich Jehann nicht. Wieder kamen ihm die Worte seines Lehrers in den Sinn „Leg Dich nicht mit dem Schicksal an, weil es Dich stets besiegen kann …"

Ob es doch stimmte? Das letzte Mal hatte er gedacht, dass Jan Schicksal spielen wollte – und das hatte er nicht zulassen können. Er hatte Janne gerettet, dafür aber auch ein Leben genommen. Und wenn dieses Unglück nun genau der Plan des Schicksals gewesen war? Wenn er dem Recht, für den Mord an Hans Meier zur Verantwortung gezogen zu werden, nicht entgehen konnte? Dann wollte er sich diesem Schicksal nun stellen! Tief in sich verspürte er sogar so etwas wie Erleichterung, dass die Flucht jetzt ein Ende haben würde. Wohin hätten sie auch noch fliehen sollen?

Einer der beiden Polizisten drehte Jehann den Arm auf den Rücken und drängte ihn Richtung Tür. Ergeben fügte der Junge sich, ließ sich mit gesenktem Kopf abführen, blendete alles um sich herum aus.

Doch dann fing Janne plötzlich laut an zu schreien: „Ich liebe ihn! Lasst ihn mir! Er hat nichts getan! Er hat mich gerettet!" Ihre Worte mischten sich mit fast tierischen Schreien der Verzweiflung, die Janne durch ihre schmale Kehle zwängte.

Es schmerzte Jehann, ihre Verzweiflung zu hören. Fast meinte er, sein Herz müsse zerreißen. Doch er drehte sich nicht um zu ihr, sprach kein Wort, zerschnitt das Band, das sich doch gerade erst zart zwischen ihnen gewoben hatte. Er musste sich von ihr lösen und sie von sich – um sie zu retten. Weil er sie liebte.

Im Park des Krankenhauses wurden Jehanns Hände auf dem Rücken gefesselt. Die Polizisten führten ihn zu einer bereitstehenden Kutsche mit einem verschließbaren Abteil. In dieses pferchten sie ihn mit unnachgiebigen Handgriffen.

Teil 3 – Das Unheil

Schwester Margarete und der Arzt standen am Bett von Janne.

„Du kannst es nicht ändern. Wir täuschen uns alle mal in Menschen", redete Schwester Margarete behutsam auf Janne ein. „Der Doktor gibt dir jetzt eine Spritze, die wird dich beruhigen. Und dann kannst du bald wieder nach Hause."

Ihre Worte kamen kaum bei Janne an. Hysterisch hatte sie geschrien, und geweint, wollte aufspringen und ihrem Liebsten hinterher; nun hatte sie keine Stimme mehr, mit der sie hätte schreien können. Es kam nur ein heiseres „Nein!" aus ihrem Mund, der so trocken war wie ihre Augen, in denen es keine Tränen mehr gab.

Energisch griff der Arzt nach ihrem Arm und spritzte ihr das Medikament. Als ob sie gegen einen unsichtbaren Feind ankämpfte, wand und wehrte sich Janne noch ein letztes Mal, bevor sie ermattet in die Kissen sank und der erzwungene Schlaf sie vorübergehend erlöste.

„Du wurdest in letzter Zeit im Hafen gesehen", begann ein untersetzter Beamte Jehanns Vernehmung. In dem kleinen Verhörzimmer stank es nach kaltem Rauch und nach Schweiß, durch das schmutzige Fenster kämpfte sich ein mattes Licht in Gelb. „Auf dem Schiff Hansenkur."

Jehann riss erstaunt die Augen auf. Den Namen des Schiffes kannte er gar nicht, darauf hatte er nie geachtet. War der Name überhaupt irgendwo aufgemalt gewesen? Und wenn es so gewesen wäre, wenn die Lettern auch riesig an der Bordwand gestanden hätten – Jehann hätte den Namen ohnehin nicht lesen können. Darum unterließ er jetzt jede Reaktion.

„Wir haben nicht den ganzen Tag Zeit", fuhr ihn der größere der beiden Polizisten an. „Jedenfalls haben wir im Maschinenraum drei Leichen gefunden. Und du warst dort!"

Jetzt verstand Jehann gar nichts mehr. Drei Leichen? Er hatte doch nur Jan auf dem Gewissen. Vor lauter Erstaunen brachte er jetzt erst recht kein Wort heraus.

„Am Bug lag auch ein Toter. Konntest du nicht genug bekommen?" Diese Worte kamen jetzt wieder vom kleineren Polizisten, der, wie Jehann auffiel, eine sehr breite Nase hatte. „Was haben sie dir getan? Sie waren doch noch fast Kinder!" Der Polizist spie die Worte fast über den Tisch.

Jehann wusste nicht, ob er verzweifelt oder erleichtert sein sollte. Mit den Toten im Maschinenraum hatte er gewiss nichts zu tun. Doch er sagte kein Wort.

„Wir bringen dich jetzt in die Zelle. Vielleicht erinnerst du dich morgen besser."

Mit verzweifelten Gesten versuchte Jehann, sich den rohen Griffen der Polizisten zu entziehen. Aber es half nichts. Nur zwei Minuten später hörte er, wie seine Zellentür von außen verriegelt wurde.

Als er das Geräusch des Riegels wahrnahm, musste er unwillkürlich an das Brechen von Holz oder gar Knochen denken. Langsam bekam er Angst. Und er war verwirrt. Sie hatten von drei Leichen im Maschinenraum gesprochen? Die musste Jan auf dem Gewissen haben – war Jan denn in Wirklichkeit ein gefühlloser Mehrfachmörder? Jehann konnte es sich wohl vorstellen. Und gleichzeitig dachte er daran, dass er selbst ja auch nicht besser war. Auf sein Konto gingen zwei Tote – zwei Opfer, die unwiederbringlich aus dem Leben gerissen worden waren. Von ihm. Von Jehann. Von einem Mehrfachmörder …

Und nun war er wegen einer Sache im Gefängnis, für die derjenige, den er tatsächlich getötet hatte, so oder so an den Galgen gekommen wäre. So betrachtet hatte er doch nichts falsch gemacht. Aber wer war er, dass er richten konnte? In Wahrheit war es ihm doch nur um Janne gegangen.

Diese widersprüchlichen Gedanken schmerzten nahezu in seinem Kopf. Er lief in seiner Zelle hin und her wie ein wildes, an die Freiheit gewöhntes Tier, das man in einen Käfig gesperrt hatte. Er rüttelte an der Tür, schlug gegen die glatten Wände, aber seine Schläge an die Zellenwand hatten noch nicht einmal Geräusche zur Folge, die laut genug gewesen wären, um von anderen gehört zu werden.

Vor seinem inneren Auge erschienen Bilder von früher, von Hermann Alster, seiner Dithmarscher Heimat. Wie gern wäre er jetzt dort! Verzweifelt und ermattet ließ er sich schließlich auf den einzigen Stuhl fallen, der in seiner einsamen Zelle stand.

Was war in den letzten Wochen alles geschehen! Sein Leben war völlig aus den Fugen geraten. Er sehnte sich nach Sicherheit und Stabilität, und vor allem sehnte er sich nach Janne. Denn noch viel mehr als diese Überlegungen wegen seiner verzweifelten Lage schmerzte ihn ihre Abwesenheit. Ging es ihr gut? Sie hatte so jämmerlich geschrien, als sie ihn abführten. Wohin würde sie gehen, wenn sie – wie der Arzt sagte – bald entlassen werden konnte? Was, wenn ihr noch einmal so etwas passierte wie mit Jan?

Diese Gedanken machten ihn verrückt. Tränen liefen über sein Gesicht. Tränen der Verzweiflung, weil er seiner Liebsten nicht helfen konnte.

Irgendwann öffnete sich eine Klappe in der Wand, und Jehann stürzte hin, um eine Verbindung zur Außenwelt zu erhalten. Ein Tablett wurde durch die Öffnung geschoben: ein Teller Suppe, etwas Brot und ein Krug mit Wasser. Jehann nahm das Tablett, wollte etwas sagen, doch sofort schloss sich die Klappe wieder mit einem hässlichen Geräusch. Erneut war er allein. Einsam. Verloren.

Es war ein Albtraum. Er dachte daran, wie ihm Hanna damals im Schlaf erschienen war. „Ich bin jetzt in einer besseren Welt – in einer Welt, die mir friedlich erscheint. Du aber musst aufpassen. Die Welt, in der du lebst, ist krank, wird nicht mehr so bleiben, wie sie jetzt ist", hatte sie gesagt.

Hatte sie ihn warnen wollen? Vor allem, was seither geschehen war und vor allem vor dem Treffen mit einem Mann, der ein Spion und ein Mörder war, der keine Skrupel kannte?

In Jehanns Kopf drehten sich die Gedanken in einem wilden Reigen. Doch vermochten die allein seine Situation ja nicht zu verbessern. Die Wände ringsherum waren undurchlässig und so massiv, dass nichts, gar nichts durch sie nach draußen dringen konnte. Keine Stimmen und keine Worte, kein Klopfen, keine Gedanken, keine Träume …

Verstohlen schaute Jehann auf sein Tablett. Vorsichtig nahm er das Brot und brach ein kleines Stück ab. Er tunkte es in die Suppe und aß.

Die Suppe war sehr salzig, ansonsten hatte sie kaum Geschmack. Doch fragt Hunger bekanntlich ja nicht nach Geschmack. So verschlang Jehann dieses Mahl regelrecht, als hätte er seit Wochen und Monaten nichts zu essen gehabt.

Als alles leer war, verspürte er tatsächlich so etwas wie ein Sättigungsgefühl. Doch auch das konnte seine innere Unruhe und Angespanntheit nicht dämpfen.

Nach dem Besuch von Peter Jansen half selbst der Alkohol nicht mehr gegen die düsteren Gedanken im Kopf Hermann Alsters. Nein, es musste Schluss sein. Es ging nicht mehr. Besser so, als den Rest aller Tage in Einsamkeit und Trauer zu versinken.

Der Eimer war umgedreht. Aus dem Strick war eine Schlaufe gebunden, das andere Ende des Seils war fest an der Stalldecke befestigt. Hermann Alster drehte die Schlaufe hin und her und passte sie seinem Halsumfang an. Noch heute würde er von dieser Welt scheiden. Die Tiere würden an seinen Nachbarn Peter Jansen gehen, die Stallungen und sein Land sollten der Kirche anheimfallen – so hatte er es in dem Brief verfügt, den er auf den Tisch in der Stube gelegt hatte. Man würde nach ihm suchen. Die Tiere waren jetzt draußen auf der Koppel. Die Bullen waren fest vertäut und konnten keinen Schaden anrichten. Sollte er sie vielleicht doch vorher erschießen? So brutal und optisch unschön diese Tiere auch waren; er brachte es nicht übers Herz.

Die Stalltür schwang in der Sommerluft ständig ein kleines Stück auf und zu, auf und zu. Das knarrende Geräusch, das sie dabei machte, riss Hermann immer wieder aus seinen Gedanken.

Wann würde man beginnen, nach ihm zu suchen? Beim Schlachter, wo er auch jetzt noch fast täglich sein Essen holte, würde man ihn freilich vermissen. Beim Kaufmann, wo er sich ab und an blicken ließ, würde man sich wundern. Aber würden sie auch nach ihm suchen? Wahrscheinlich konnte es ein wenig dauern. Jansen würde sicher als Erster unruhig werden. Nur wann würde es sein?

Hermann Alster hatte die Dinge immer gern geregelt. Nur hier konnte er bald nicht mehr viel regeln. Bald würde er diese Welt hinter sich gebracht haben.

Langsam trat er mit seinem rechten Fuß auf den umgedrehten Eimer. Er fasste mit der linken Hand den Strick und zog sich dann ganz hoch. Langsam, ganz langsam. Beinahe wäre der Eimer unter seinem Gewicht gekippt. Aber Hermann fand noch im letzten Augenblick sein Gleichgewicht wieder. Ruhig werden musste er jetzt, ganz ruhig.

Hier stand er nun, bereit, von eigener Hand sein Leben zu beenden. Er schloss die Augen, zog die Schlaufe so zurecht, dass er mit seinem Kopf hindurch passte und legte sie sich um den Hals. Er zitterte. Er zitterte ohnehin, seitdem der Alkohol oftmals die einzige Nahrung war, die er nach dem Mittag zu sich nahm. Was also machte es schon noch?

Die Bullen brüllten und schmissen sich nur ein paar Meter weiter an das Gatter. Die Taue nahmen ihnen einiges an Schwung, sie gänzlich fixieren zu können war aber eine Illusion. Das wusste Hermann Alster.

Es fehlte nur noch ein Tritt seinerseits, um die Schwelle zur Ewigkeit zu überschreiten. Vielleicht würde der Boden des Eimers ohnehin gleich nachgeben. Mit letzter Willenskraft vollendete er sein Werk und trat den Eimer zur Seite. Er baumelte, er schwang ein Stück wie ein träges Pendel – dann hing er beinahe ruhig. Nach einigen Zuckungen des bäuerlichen Körpers, die das Entweichen des Lebens signalisierten, wehte der leblose Körper Hermann Alsters nur noch im zugigen Stall hin und her, hin und her, hin und her …

28. Juni 1914, Sarajevo

Der Erzherzog und seine Gemahlin saßen in dem von einer Kolonne anderer Wagen umrahmten Phaeton und fuhren in die Innenstadt Sarajevos. Und hatten sie auch keine Jubelstürme seitens der Bevölkerung erwartet, so waren sie doch überrascht von der offensichtlichen Abneigung ihnen gegenüber, von der unverhohlenen Feindseligkeit, die ihnen entgegenschlug. Menschenmassen liefen mit der Nationalflagge Bosniens-Herzegowinas umher. Sie riefen „Besatzer raus, Besatzer raus!" Sogar Steine wurden gegen die Wagen geschleudert, die ihre Position in der Kolonne zum Schutz der Insassen immer wieder wechselten.

„Was hat das zu bedeuten?" Sophie war entsetzt und richtete die vor Angst geweiteten Augen auf ihren Mann.

Der Blick Franz Ferdinands verdüsterte sich mit jedem Meter, den sie zurücklegten. Nicht zu fassen, welche Frechheiten sich dieses Volk der Herrschaft, seiner Herrschaft gegenüber erlaubte! Wahrhaftig wurde doch dort am Straßenrand eine Fahne der österreich-ungarischen Monarchie verbrannt! Wie konnte dieser Pöbel nur …!

Blanker Hass – das war der einzige Ausdruck, den Franz Ferdinand für das fand, was er auf den Straßen ringsum erblickte. Undankbares Gesindel! Dabei war es doch beileibe nichts Schlechtes, was Österreich-Ungarn dem bosnischen Volk bringen wollte. Kultur und Bildung, Frieden und Stabilität hatte der Thronfolger doch sozusagen im Gepäck! Was wollte dieses Pack denn mehr? Dass man bei all solchen Wohltaten auch seinen Einflussbereich ausdehnen wollte, gehörte schließlich zum Wesen eines jeden Staates.

Je weiter sich die Wagenkolonne dem Zentrum der Stadt näherte, desto unfreundlicher, ja aggressiver benahmen sich die Protestler. Jetzt waren es nicht mehr nur Steine, sogar angezündete Stofffetzen wurden in Richtung des Autos geworfen, in welchem sich der Erzherzog und seine Frau befanden. Und was taten die Ordnungskräfte? Kaum etwas! Gerade, dass die Polizisten das zornige Volk eher halbherzig vom Straßenrand drängte, den Mob nur so weit in Schach hielt, dass er nicht auf die Wagen spucken konnte!

Sophies Finger verkrampften sich um den Griff, der in die Seitentür des Wagens eingelassen war.

„Diese Dummköpfe. Erst tötete man unsere Kaiserin Sissi und jetzt so eine Stimmungslage! Unserem Volk bleibt wirklich nichts erspart." Franz Ferdinand raunte diese Worte kaum hörbar in Sophies Richtung. „Hab keine Angst, wir sind gleich beim Rathaus."

Kaum hatte der Erzherzog diese Worte ausgesprochen, da zischte etwas an seinem Kopf vorbei. Instinktiv riss er seinen linken Arm hoch, spürte etwas Hartes an seiner Hand. Der Gegenstand, kaum wirklich wahrgenommen, fiel über das zusammengefaltete Verdeck des Wagens auf die Straße hinter ihnen.

Und plötzlich war es, als bräche die Hölle los! Der Knall einer Explosion erschütterte die Kolonne, ein Beben erfasste den Wagen des Thronfolgers und seiner Gemahlin. Schreie, wie von wilden Tieren erklangen, Blut spritzte, gesplittertes Glas sirrte wie glühende Schrapnellkugeln durch die Luft.

Sekunden nur, dann herrschte unvermittelt eine Stille, die nichts Gutes verhieß.

Zögernd erhob sich Franz Ferdinand und blickte zurück zum Wagen, der in der Kolonne direkt hinter ihm rangierte. Unmittelbar davor sah er die offensichtlichen Reste einer Bombe und die Spuren, die jenes Mordwerkzeug am Wagen und auf der Straße hinterlassen hatte! Oberstleutnant Merizzi lag reglos auf dem Fahrersitz. Erst jetzt registrierte der Erzherzog, dass Sophie auf dem Sitz neben ihm hilflos schluchzte, und dass die umstehenden Menschen nicht mehr jubelten oder Hassgebärden vollführten, sondern einen jungen Mann am Hals in die Höhe hoben und andere mit Stöcken auf ihn eindroschen.

Franz Ferdinand wollte sich die Hände vor die Augen halten, aber das gebührte einem Herzog nicht. Haltung zu wahren hatte jemand wie er. So rief er den Polizisten am Wegesrand zu, dem jungen Mann doch zur Hilfe zu kommen.

Sophies Schluchzen hatte sich mittlerweile zu einem hysterischen Kreischen ausgewachsen. „Sei doch still, du verbreitest nur noch mehr Panik", mahnte Franz Ferdinand in das wieder aufbrausende Getöse hinein. „Gut, gut, wir fahren gleich weiter zum Rathaus. Anschließend bringen wir Sophie ins Spital."

„Bei mir geht's schon wieder." Sophies Stimme klang dünn und zittrig.

„Dann können wir aber wenigstens Merizzi besuchen. Ihm scheint es nicht gutzugehen. Meine Herren, was für eine Welt! Wir setzen unsere Fahrt fort." Mit fester Stimme gab Franz Ferdinand den Befehl zur Weiterfahrt.

„Er hat recht", vermeldete Polizeichef Dr. Gerde, der direkt nach der Explosion aus dem ersten Wagen zum Thronfolgerpaar geeilt war. „Die Sache wird später aufgeklärt. Es ist ja niemand wirklich schwer verletzt."

Auch Sophie hatte mittlerweile aufgehört zu schluchzen. Und so setzte sich die Wagenkolonne wieder in Gang und steuerte weiter auf das Rathaus zu, wo ein Festakt geplant war.

Im prunkvollen Festsaal des Rathauses, in dem sich viele Würdenträger anlässlich des Besuchs vom Erzherzog versammelt hatten, erklomm der Bürgermeister Efendi Fehim Čurčić das Rednerpult. Sein Redemanuskript lag vor ihm ausgebreitet, und er schien keinen Deut davon abzuweichen. Stoisch, fast lustlos, las er daraus vor.

Da wurde es Franz Ferdinand zu bunt. Er erhob sich und rief aus: „Herr Bürgermeister, da kommt man nach Sarajevo, um einen Besuch zu machen, und wird mit Bomben beworfen! Das ist empörend."

Im Saal wurde es unruhig. Verhaltene Stimmen murmelten Unverständliches, Füße scharrten, Gläser klirrten leise aneinander. Der Bürgermeister sah von seinem Manuskript auf und klopfte mit letzter Autorität auf den Tisch: „Meine Damen und Herren, wir haben heute Morgen tatsächlich nach der Visite einiger wichtiger Wirtschaftsbetriebe unserer Stadt ein unschönes Erlebnis gehabt. Jedoch besteht keinerlei Grund zur Panik."

Aufgeschreckt durch diese nur vage Andeutung eines Unglücks verbreitete sich schnell noch mehr Nervosität. Erst das beherzte Eingreifen Franz Ferdinands und sein Versprechen, nichts unaufgeklärt zu lassen, sorgten für eine gespannte Ruhe.

Wenig später waren alle Aspekte des Protokolls beendet, und die anwesenden Gäste, mit Ausnahme derjenigen, die in der Kolonne noch weiterfuhren, gingen ihrer Wege.

Der Erzherzog nahm seine Frau bei der Hand und führte sie zurück zum bereitstehenden Automobil. Graf Harrach, dem der Wagen gehörte, und der Fahrer nahmen ebenfalls wieder Platz.

„Dann jetzt erst mal zum Spital?" Der Fahrer drehte sich zu Franz Ferdinand.

„Ja, lassen Sie uns erst zum Spital fahren, dann treffen wir uns mit Pottiorek. Das geht sich zeitlich aus."

Der Wagen sowie drei weitere Fahrzeuge setzten sich in Bewegung. Die aufgebrachten Massen hatten sich zerstreut. Nur ein paar Straßenarbeiter gingen ihrer Arbeit nach und hielten nur kurz inne, als der kleine Konvoi an ihnen vorüberfuhr.

Am Ufer des Flusses Miljacka entlang ging es zurück in Richtung Spital. Die Stimmung im Inneren des Wagens war gedrückt, niemand sprach ein Wort. Dann jedoch setzte Franz Ferdinand zu einer Rede an: „Wir wissen nicht, wie es dem Oberst geht. Mir schien es eine Gehirnerschütterung zu sein. Aber das werden wir gleich sehen. Sopherl, du bist wieder wohlauf?"

Sophie richtete sich in den Polstern des Wagens auf und lächelte ihren Gatten unsicher an: „Bei mir ist alles gut."

Kaum waren ihre Worte verklungen, als plötzlich Glas splitterte.

„Was zum Teufel ist das jetzt wieder?"

Graf Harrach wandte sich zum Herzogenpaar. Was er sah, verschlug ihm die Sprache. Ein Projektil hatte die Fahrzeugwand direkt unter dem Fenster durchschlagen. Sophie krümmte sich vor Schmerzen. Ihr Rock war rot vor Blut.

Franz Ferdinand zitterte und hielt sich die Hand vor Augen „Sopherl, Sopherl, stirb nicht. Bleib bei mir, auch für die Kinder …"

In diesem Moment knallte es ein zweites Mal. Jetzt war es Franz Ferdinand, dessen Hand zur Seite fiel und ein aschfahles Gesicht preisgab.

„Herr Herzog, was ist Ihnen?" Die Stimme des Grafen überschlug sich fast.

„Ach, es ist nichts", gab Franz Ferdinand flüsternd zurück.

Während er noch sprach, verwandelte sich die Farbe seiner Uniformjacke in ein dunkles Rot. Aus seinem Hals quoll der Lebenssaft in unheilvollen Mengen.

Jetzt war es der Graf, der die Fassung verlor und seinen Fahrer anschrie, er möge geradewegs und mit Höchstgeschwindigkeit zum Spital fahren. Aber wie sollte der gute Mann? Rings um die Kolonne war längst wieder ein Tumult entstanden. Wie aus dem Nichts erschienen Menschen, die sich um die Wagen drängten, neugierige Blicke ins Innere der Fahrzeuge warfen, kleine Schreie ausstießen, die Hände vor die Münder schlugen und die Straße blockierten. Lange, viel zu lange, musste der Wagen auf dem Fleck stehen. Bis Graf Harrach schließlich entmutigt abwinkte. „Ach, geben Sie sich keine Mühe", sagte er verbittert. „Die Katastrophe ist vollendet. Jetzt können wir nur hoffen, dass der deutsche Kaiser und sein Cousin in Russland die Lage beschwichtigen können."

Er ahnte wohl kaum, wie treffend er die komplexen Zusammenhänge der geostrategischen Allianzen in diesem Moment vorhersah.

Teil 4 – Das Unheil nimmt seinen Lauf

28. Juni, Krankenhaus Hamburg

Zufrieden wandte sich Doktor Krüger von Janne ab: „Wie es aussieht, können wir dich Mitte der Woche entlassen."

Janne fuhr unmerklich zusammen. In ihrem Bauch machte sich etwas breit, das sich düster und schwer anfühlte.

„Wie alt bist du eigentlich? Deine Behandlung bei uns wird von der Seemannskasse übernommen. Daher wissen wir gar nichts über dich."

Janne war kaum imstande zu sprechen. „Sechzehn", brachte sie schließlich doch zögernd heraus. „Sechzehn bin ich."

„Dann gehst du wieder zu deinen Eltern, nehme ich an." Doktor Krüger schien etwas unsicher.

„Meine Eltern sind tot", antwortete Janne instinktiv. „Jehann war mein einziger Halt."

„Nun, jeder gerät wohl mal an den Falschen. Ich werde sehen, ob im Waisenhaus noch ein Platz für dich frei ist."

Was hatte Janne getan? Was hatten Jehann und sie nur getan, als sie zu Jan auf das Boot mitgekommen waren? Diese Fügung würde wohl ihrer beider Leben endgültig zerstören.

In den nächsten zwei Tagen fühlte sich Janne wie von einem starken Fieber geplagt. Die Welt um sie herum erschien ihr unwirklich. Sie dachte oft an das Kind, das sie noch kurz zuvor in sich getragen hatte. Hätte die Natur oder irgendeine Macht im Himmel ihr nicht wenigstens dieses Kind lassen können? Sicher, auch dann wäre sie in ein Heim gekommen. Aber sie wäre nicht so schrecklich allein gewesen.

Am Abend des 30. Juni dann kam Schwester Margarete zu ihr: „So, mein Dirn, nun wollen wir mal deine Sachen packen. Der Doktor hat einen Platz im Heim für dich gefunden. Morgen früh holt dich die Heimleiterin Frau Jesse ab."

Janne stockte der Atem. Ihre Antwort klang weinerlich: „Aber, was soll ich da? Ich gehöre da doch nicht hin."

„Na, wenn du noch nicht erwachsen bist und dich mit einem Verbrecher einlässt, nutzt das wohl nichts."

Janne ging alle ihre Möglichkeiten durch. Die Beine schmerzten kaum noch, sie könnte in der nächsten Nacht verschwinden. Sie könnte auch erst mit ins Heim gehen und dann von dort versuchen, Jehann zu finden und zu befreien. Eigentlich konnten sie ihm ja nichts anhaben. Aber vielleicht war er auch gar nicht mehr am Leben …

Diese Gedanken und ihre eigene Unentschlossenheit machten sie vollkommen verrückt. In der Nacht schlief sie kaum. Die wenigen Stunden, in denen sie doch in jene Zwischenwelt glitt, die Realität und Einbildung voneinander trennt, träumte sie wirr. Es waren Tiere um sie herum. Tiere, die sie noch nie zuvor gesehen hatte. Da war ein Pferd mit Hörnern, das mit ihr zu sprechen schien. Sie verstand aber nicht, was es sagte. Ein blutroter Vogel schlug immer wieder seinen spitzen Schnabel nach ihr. Insekten versuchten, ihr in alle Körperöffnungen zu kriechen. Sie jedoch war bewegungsunfähig, war gelähmt und konnte dem Spuk kein Ende machen. Ein Geräusch dröhnte durch ihren Traum wie die Hammerschläge eines Schmiedes.

Es pochte und pochte und pochte!

Nur langsam tauchte Janne aus dem Schlaf auf und registrierte verwirrt, dass dieses Geräusch kein Traum war. Jemand klopfte an die Tür. Es war bereits Tag.

Ohne eine Aufforderung zum Eintreten abzuwarten, öffnete sich die Tür, und Schwester Margarete betrat mit einem Tablett voller Brot und einer dampfenden Tasse Kaffee den Raum. Janne fragte sich, ob Schwester Margarete hier im Krankenhaus wohnte. Sie schien die einzige Person zu sein, die dieses Zimmer betreute.

„So, Janne. Hier kannst du dich ordentlich stärken. Nachher komme ich mit Frau Jesse.

Mit der kannst du dann gehen. Das Waisenhaus ist gar nicht weit weg. Sie wird dir dann alles zeigen."

Janne vergrub ihr Gesicht in den Händen, versuchte nicht zu schluchzen und kämpfte gleichzeitig gegen den immer stärker werdenden Harndrang an, weil sie es nach dem Aufwachen noch gar nicht zur Toilette geschafft hatte.

Jehann hatte sich am Abend des 27. Juni so durch Schläge an die Wände und sein Wehklagen verausgabt, dass er schließlich eingeschlafen war. Erst das Klappern der Luke, durch die sein Frühstück geschoben wurde, hatte ihn geweckt.

Das lag nun schon zwei Tage zurück. Der Haftrichter, dem Jehann kurze Zeit später vorgestellt wurde, sah es nach den vorliegenden Indizien als erwiesen an, dass Jehann all diese Morde begangen hatte. Schließlich hatten sie auch den Eigentümer des Bootes tot aufgefunden. Außer Jehann konnte, das ergaben auch die Befragungen einiger Augenzeugen, niemand diese Taten begangen haben. Der Prozess würde bald ein abschließendes Urteil erbringen.

Trotz der Abgeschiedenheit seiner Zelle bekam Jehann mit, dass ab Montagfrüh irgendetwas anders war. Es wurde weniger geschrien auf den Fluren. Die Mahlzeiten kamen später. Es waren häufiger hektische Schritte zu hören.

Jehann dachte zuerst, dass diese Veränderung wohl mit der anbrechenden Woche einherginge. Doch konnte das den Umstand erklären, dass man ihm zusammen mit dem Frühstück eine Zeitung in die Zelle lieferte? Man sprach nach wie vor kein Wort mit ihm. Dass er nicht lesen konnte, wusste man offenbar nicht. Die Brote waren an diesem Tag besonders hart und sie schimmelten sogar an einigen Stellen. Jehann zwang sich trotzdem das karge Mahl hinunter. Er musste bei Kräften bleiben. Zimperlich durfte er da jetzt nicht sein.

Gegen Mittag wurden seine Hände abermals auf den Rücken gefesselt, und er wurde wieder ins Verhörzimmer gebracht. Man redete davon, dass jetzt düstere Zeiten anbrechen würden. Von einem Telegramm aus Berlin war die Rede und davon, dass man jetzt seinen Prozess beschleunigen wolle. Doch Jehann hätte den Beamten wieder nichts anderes mitteilen können als zuvor – von den drei Toten im Maschinenraum wusste er nichts! Er schwieg daher weiterhin.

Am nächsten Tag teilte man ihm mit, dass die erste Anhörung bereits übermorgen sein würde und man ihm einen Anwalt zur Seite stelle, der noch am selben Tag zu ihm kommen würde. Jehann war müde und konnte sich kaum auf die Worte konzentrieren. Ein Anwalt – was sollte der denn schon tun? Wie sollte der ihm helfen? Er stellte sich einen Anwalt wie einen Lehrer vor – einer, der ihm Regeln beibringen sollte.

Irgendwann hörte er zwei Polizisten im Nachbarraum reden. „Ich bin mir sicher, dass es Krieg geben wird. Da werden sich die Slawen nicht erweichen lassen, und der Kaiser kann endlich sein Spielzeug ausprobieren."

„Du bist dir schon bewusst, dass wir eine Menge guter Soldaten in unseren Zellen haben?"

„Wenn Sie Mörder sind, haben Sie zumindest keine Skrupel. Und wenn sie es nicht sind, werden sie sowieso früher oder später eingezogen."

„Der Bengel, der auf dem Schiff gehaust hat – ich glaube, das ist ein Guter. Verdammt nochmal, er kann richtig zuhauen."

„Na und – was nützt ihm das? In der ersten Reihe an der Front erlebt er den zweiten Tag ohnehin nicht. Auch der wird nur Militärmüll sein. Eigentlich schade, wie wenig die Jugend ihr Leben heute schätzt und wie sehr die jungen Leute politisch missbraucht werden. Wenn wir fallen, leben zumindest unsere Kinder weiter."

„Wollen wir es hoffen."

„Ein Scheiß ist das mit dem Krieg."

Jehann verstand, dass es um einen Krieg ging. Und mit dem Bengel vom Schiff war zweifelsohne er gemeint. Aber von was für einem Krieg sprachen sie da eigentlich?

Wenig später öffnete sich wieder seine Tür, und einer der Polizisten, die ihn auch festgenommen hatten, sagte abschätzig grinsend: „So, dein Anwalt ist geordert. Der kommt zum Prozess. Bis dahin bleibst du im Loch."

Breitbeinig und mit über dem dicken Bauch verschränkten Armen baute er sich in der Zellentür auf. „Das ist noch ein ganz junger Anwalt", meinte er, und Jehann entging nicht die selbstgefällige Zufriedenheit auf seinem feisten Gesicht. „Aber keine Sorge. Unser Henker ist sehr erfahren. Da liegt dein Kopf am Boden, bevor du ihn vermisst."

Mit einem rauen Lachen knallte er die Tür wieder zu, und nach dem scharrenden Geräusch des Riegels fühlte Jehann sich einsamer als je zuvor.

Ihn schauderte. Bislang hatte ihm noch niemand gesagt, welches Urteil ihn erwartete. Natürlich hatte er es sich bereits ausgemalt; es laut ausgesprochen von jemand anderem zu hören, war aber etwas ganz anderes. Im Geiste hatte er sich schon zappelnd an einem Strick baumeln sehen. Doch den Kopf abgeschlagen zu bekommen, konnte er sich nicht vorstellen. Ihm fielen die alten Seeräubergeschichten ein, die von Störtebeker vor allem. Auch ihn hatte man geköpft. Aber was hatte er schon mit dem Piraten zu tun? Er, Jehann, war doch verdammt nochmal unschuldig! Er hatte doch nur das Leben seiner ersten und – wie es schien wohl einzigen – Liebe gerettet. Und das gleich zwei Mal! Das konnte doch kein Verbrechen sein!

Gegen Abend wurde der Riegel erneut zurückgeschoben, und die Tür öffnete sich langsam. Es war aber nicht der Anwalt, der die Zelle betrat, sondern ein Polizist mit einer Schere und einem Bündel gestreifter Sträflingskleidung. „So, in den ganzen Tumulten hat es also niemand fertig gebracht, dich zum richtigen Sträfling zu machen. Deine Haare kommen erst mal ab, und dann wirst du dich umziehen."

Mit grimmiger Entschlossenheit machte sich der Polizist daran, Jehanns mittlerweile doch recht langes Haar in großen Büscheln von seinem Kopf zu schneiden. Nach fünf Minuten war das Werk getan, und Jehann musste sich unter Aufsicht ausziehen. „So, da sind deine Klamotten. Einmal in der Woche darfst du sie wechseln. Deine anderen Sachen werden an Bedürftige gegeben."

Widerwillig zog Jehann die Sträflingskluft an. Es blieb ihm auch nichts anderes übrig, denn seine alten Sachen hatte der Polizist fest im Griff.

Nun war er also ein „richtiger" Sträfling. Einer, dem man schon äußerlich ansah, dass er ein Verbrechen begangen hatte. Einer, den die Gesellschaft ausspie wie einen zerkauten Priem.

Nachdem Janne zwei der vier Brote gegessen und ihre Morgentoilette verrichtet hatte, klopfte es wieder an der Tür. Eine hochgewachsene, schlanke Frau mit streng zurück gekämmtem, hellblondem Haar trat ins Zimmer. Sie musterte Janne mit einem analytischen und kühlen Blick. „Das ist also die Dirn", waren die ersten Worte, die sie sprach. Kein „Guten Morgen", kein „Wie geht es dir?", nichts dergleichen.

„Na, nun komm man mit. Ich bin Frau Jesse, die Leiterin vom Waisenhaus. Doktor Krüger hat schon alles geregelt."

Janne wurde abwechselnd heiß und kalt. Mit dieser Person, die sie anschaute, wie ein Tierarzt ein Pferd anschaut, sollte sie jetzt mitgehen? „Deine paar Sachen kannst du wohl selbst tragen. Nun komm man, ich muss noch drei andere Mädchen holen."

Zögernd stand Janne auf und stolperte mehr, als dass sie lief, hinter der strengen Frau her. Ihre Beine schmerzten zwar nicht mehr so, sie fühlten sich aber sehr schwach an.

Nach etwa einhundert Metern an der frischen Luft sah Janne schon ein riesiges Haus mit einem großen Eingangstor und schweren Fensterläden. Als sie und Frau Jesse durch das Tor schritten, hörte man bereits die Stimmen vieler Kinder und junger Menschen. Sie schienen gerade Sport zu machen.

Frau Jesse steuerte geradewegs auf eine Tür zu, die den Eindruck machte, als ob sie aus massiven Holz gefertigt war. „Du wirst noch froh sein, dass du bei uns sein darfst bei dem ganzen Kram, der in der Welt gerade passiert", meinte sie, als sie das Haus betreten hatten.

Sie brachte Janne in einen Schlafsaal mit sechs Betten und drei großen Schränken. „Hier wohnst du jetzt. Außer dir ist noch ein Mädchen hier. Ella, eigentlich Elke, ist siebzehn und hat ihre Eltern bei einem Schiffsunglück verloren. Sie ist aber wohl gerade beim Sport."

Janne wurde es mitten in diesem großen kargen Saal schwindelig. Kurz bevor sie drohte umzufallen, fing Frau Jesse sie auf. „Du solltest dich etwas erholen. In zwei Stunden essen wir im großen Saal gegenüber. Dort wirst du erwartet", sprach sie mit etwas milderer Stimme. Dann ließ sie Janne allein zurück.

Verwirrt und erschöpft legte Janne sich auf das dünne Laken eines der Betten. Sie fiel fast sofort in einen tiefen, traumlosen Schlaf.

Plötzlich – sie wusste nicht, warum und auch nicht, wie lange sie geschlafen hatte – saß sie aufrecht im Bett. Man rief ihren Namen! Ihr Blick fiel auf die Uhr an der Wand. Sie hatte verschlafen! Das Essen müsste längst auf dem Tisch stehen. Schnell schlüpfte sie in ihre abgewetzten Schuhe und lief rüber zum großen Speisesaal.

Ein Topf mit dampfender Suppe stand mitten auf dem langen, abwechselnd von Bänken und Stühlen umrahmten Tisch. „Da ist ja unsere Schlafmütze. Nun komm schnell. Wir warten schon zehn Minuten auf dich." Frau Jesses Stimme klang scharf und tadelnd.

Janne setzte sich schweigend auf einen Stuhl neben ein großes blondes Mädchen mit Zöpfen und einer Narbe an der rechten Wange. Das also war von nun an ihr Leben …

1. Juli, Hanseatisches Strafgericht

Jehann stand neben einem jungen drahtigen Mann hinter der Anklagebank, die den Gerichtssaal an der Stirnseite zierte.

„Wir machen es also genau, wie wir gestern besprochen haben. Sie können dir nichts nachweisen Die Zeugenaussagen sind dürftig. Sie können dich eigentlich nicht verurteilen."

Jehann, dem diese Worte galten, blickte finster drein.

„Nochmal: Niemand wird dich hinrichten. Dafür gibt es keine Beweise." Der junge Anwalt mit Namen Fritz Karlsen war nur wenige Minuten, nachdem Jehann seine Sträflingskleidung angelegt hatte, zu ihm in die Zelle gekommen. Sie waren sich auch wegen des fast gleichen Alters sofort sympathisch. Jehann konnte Fritz, wie er ihn schon bald ansprach, schnell glaubhaft machen, dass er mit den Toten aus dem Maschinenraum nichts zu tun hatte.

Man einigte sich auf die Strategie, dass man die wenigen Aussagen, die es gab, in Zweifel ziehen würde. So lange man Jehann ein so schwerwiegendes Verbrechen nicht definitiv nachweisen konnte, konnte auch keine Strafe verhängt werden. Tief im Innern war sich Jehann aber natürlich bewusst, dass er getötet hatte.

Der Beginn der Verhandlung verzögerte sich. Der Richter war weit und breit noch nicht zu sehen. Die wenigen Zuschauer, die bei diesem Prozess erlaubt waren, wurden bereits unruhig.

Janne hatte sich in der Zwischenzeit einigermaßen im Waisenhaus eingelebt. Mit ihren Zimmernachbarinnen Ella und Anne hatte sie sich von Beginn an gut verstanden. Auch Anne hatte vor kurzem ein Kind verloren. Das Mädchen kam am selben Tag wie Janne ins Waisenhaus. Sie musste seit der Fehlgeburt unter Aufsicht von Frau Jesse Medizin einnehmen, um eine erneute Schwangerschaft zu vermeiden. Jungs waren in diesem Waisenhaus ohnehin nicht erlaubt. Aber natürlich wusste Frau Jesse, dass sie den Kontakt nicht gänzlich würde unterbinden können. Gerade bei so hübschen Mädchen wie Janne und Anne standen die jungen Männer Schlange.

Auch Anne war blond und hatte – anders als Janne – sehr üppige Brüste. Ihre Eltern lebten zwar noch, sie waren aber Diplomaten in Deutsch-Südwest-Afrika und konnten ihre Tochter dort nicht anständig unterbringen und fördern. Im Waisenhaus kam zumindest dreimal die Woche ein Lehrer, um mit den Mädchen sechs Stunden am Tag die wichtigsten Schulfächer wie Mathematik, Deutsch, sowie Hauswirtschaftslehre zu üben.

Janne hatte sich den Aufenthalt in dieser Einrichtung schlimmer vorgestellt. Trotzdem konnte sie keine Nacht gut schlafen, weil sie immer an Jehann denken musste. Darum war sie tagsüber müde und konnte weder dem Unterricht, noch dem Sportprogramm aufmerksam folgen. Frau Jesse entging das nicht, und sie ging mit ihr strenger ins Gericht als mit den anderen Mädchen.

Derweil wartete Jehann weiter auf seine Verhandlung. Da öffnete sich die Tür des alt ehrwürdigen Saals, und zwei Polizisten traten ein. Sie wandten sich umgehend an Jehanns Anwalt. „Kommen Sie und Ihr Mandant mit. Die Verhandlung ist für heute abgesagt."

Ein Polizist mit blondem Haar und stahlblauen, kalt funkelnden Augen richtete diese Worte an Fritz Karlsen. Jehann und er folgten den Beamten in ein kleines Zimmer, nur wenige Meter vom Gerichtssaal entfernt.

Nachdem die Tür geschlossen war und man sich sekundenlang wortlos gegenüber saß, setzte der kleinere der beiden Polizisten zu einer Erklärung an: „Wir haben jetzt den richtigen Mörder vom Schiff gefunden, zumindest was die Leichen im Maschinenraum angeht. Ein Schlachtermeister aus Wandsbeck hat die Taten gestanden. Den Mord am Seemann selbst leugnet er aber."

Jehann sank in seinem Stuhl in sich zusammen. Konnte es denn wirklich sein, dass er hier mit einem blauen Auge davonkommen würde?

„Wir wollen nicht lange drum herum reden. Der Seemann war aller Wahrscheinlichkeit nach ein von außen eingeschleuster Störenfried. Wir sind uns noch nicht sicher, wer ihn zu uns geschickt hat. Es scheint aber so, dass er unsere Streitkräfte zur See auskundschaften sollte. Um ihn ist es also nicht schade. Es sind sich eigentlich alle sicher, dass es Krieg geben wird und Deutschland dabei ist. Wir brauchen also Männer wie euch. Und zwar nicht in Anwaltsstuben oder im Knast, sondern im Feld. Erste Manöver auf dem Land sollen bald starten."

Jehann wurde blass. Krieg. Es sollte tatsächlich wahr werden. Vom Krieg hatte er schon gehört. Tante Grete hatte ihm Geschichten erzählt. Er hatte sich immer vorgestellt, wie es wohl wäre, als Soldat für das Gute zu kämpfen und seine Heimat zu verteidigen. Die Lage so konkret vor Augen zu sehen, war aber doch etwas anderes.

„Jehann ist also aus dem Strafvollzug zu entlassen. Dafür wird er ab sofort der Kaserne Wilhelmsburg überstellt."

Plötzlich drehte sich die Welt vor Jehanns Augen. Sein Anwalt und die Polizisten entschieden gerade über seine Zukunft, während er teilnahmslos dabeisaß. Durch das Rauschen, welches sich immer stärker in seinen Ohren breitmachte, hörte er, wie Fritz dem Vorschlag des Beamten zustimmte und Jehann nur Minuten später vor die Tür führte.

Dort berichtete Fritz ihm nun mit leiser Stimme, was in den letzten Tagen alles geschehen war: „Du hast es im Knast nicht mitbekommen, aber es sind sich alle einig. Es wird wohl Krieg geben. Der Erzherzog von Österreich-Ungarn und seine Frau wurden in Sarajevo erschossen. Jetzt will Österreich die Auslieferung des Täters. Bosnien sträubt sich aber noch. Und wie die Stimmungslage ist, werden sie sich wohl auch noch weiterhin weigern."

Jehann verstand kaum etwas. Nicht nur, dass das Rauschen in seinen Ohren immer noch anzuschwellen schien. Er hatte zudem keine Ahnung, wer der Erzherzog eigentlich war und was das Geschehen mit ihm zu tun hatte.

Fritz schien den verwirrten Gesichtsausdruck Jehanns zu bemerken. „Österreich-Ungarn hat Bosnien ein Ultimatum gesetzt, also ein Datum genannt, bis wann sie den Attentäter ausliefern sollen. Machen sie das nicht, werden sie Bosnien angreifen. Da Deutschland ein Verbündeter der Österreicher ist, müssen wir mitziehen. Ob wir wollen oder nicht!"

Aus den Wortfetzen, die in Jehanns Bewusstsein drangen, konnte er sich zusammenreimen, welche Tragweite diese Geschichte haben konnte. Er, Jehann, sollte also gegen ein Volk in den Krieg ziehen, von dem er jetzt das erste Mal gehört hatte?

Diese Gedanken wirbelten durch seinen Kopf. Er schwieg jedoch. Fritz legte ihm eine Hand auf die Schulter. „Es kann ja noch ein Wunder geschehen und der Krieg wird abgewendet. Es rechnet aber eigentlich niemand damit. Jedenfalls laufen schon die Vorbereitungen."

Die Sorgen um die eigene Zukunft wurden von Sorgen um Janne abgelöst. Wo sie wohl gerade war? Lebte sie überhaupt noch, und was hatte man im Krankenhaus mit ihr gemacht? Jehann spürte seinen Körper nicht mehr. Dafür waren die Bilder vor seinen geschlossenen Augen umso greller und intensiver. Zuckende Blitze, die auf ihn zuflogen. Feuer und Wellen von Licht durchfluteten sein Bewusstsein.

„Jehann, nun komm wieder zu dir. Du wirst nicht geköpft und kannst bald wieder bei Janne sein." Fritz schrie Jehann an und schüttelte ihn.

„In diesem Zustand", setzte er hinzu, „bist du ihnen keine Hilfe. Ich weiß nicht, was man dann mit dir macht. Den Polizisten bei euch hast du ja nun mal tatsächlich auf dem Gewissen."

Jehann wusste, dass Fritz Recht hatte. Gleichwohl war ihm klar, dass ein Kriegseinsatz genauso ein Todesurteil sein konnte wie die Hinrichtung, der er jetzt erst einmal entgangen war.

1. Juli, Sarajevo

Für diesen Abend waren eigentlich drei Frauen bei Doktor Juric angemeldet. Die Taverne, in der die Behandlungen stattfinden sollten, war jedoch überfüllt. Es wurde gesungen und gelacht, debattiert und geschrien. Das Bier floss in Strömen, und das Zimmer, in welchem Doktor Juric praktizieren wollte, wurde von einigen Männern zur Ausnüchterung genutzt. Wie man Joran mitteilte, war das auch die letzten Abende so gewesen. Doch waren Doktor Juric und Joran die Abende zuvor in einer ruhigeren Taverne gewesen, die nur noch an drei Tagen die Woche geöffnet hatte. Heute sollten die Behandlungen in einer altbekannten Kneipe stattfinden.

Die erste Frau, die hätte an der Reihe sein sollte, bat Doktor Juric unter Tränen, ihr zu helfen. Aber auch sie musste bald einsehen, dass an diesem Abend nichts zu machen war.

Es wurden Bilder des kurz zuvor ermordeten Erzherzogs und seiner Frau zerrissen; die Papierschnipsel regneten wie Konfetti bei einer Siegesfeier durch die Luft. „Die Besatzer kriegen unseren Mann nie!", war man sich lautstark sicher.

„Wo ist Gavrilo denn?"

„Das weiß niemand so genau", rief es aus einer der hinteren Ecken.

„Hauptsache, die Österreicher kriegen es nicht raus." Diese Worte grölte ein junger Mann und rülpste aus voller Kehle, nachdem er sein Bier zuvor auf einen Zug geleert hatte.

Das war es also, was sich hinter dem Namen „Gavrilo" verbarg. Er war als Attentäter für das Herzogenpaar vorgesehen gewesen. Dass er jetzt untergetaucht war, konnte Joran gut verstehen.

„Er hat uns jedenfalls einen guten Dienst erwiesen", antwortete Joran im Wissen darüber, was Gavrilo getan hatte.

Er war froh, dass Doktor Juric seiner Tätigkeit nicht nachgehen konnte. An Arbeit war an diesem Abend für ihn ohnehin nicht zu denken. Viel zu explosiv war die Stimmung, und zu glückselig zugleich. Diese Atmosphäre gab Joran das Gefühl, Teil von etwas ganz Großem zu sein.

Auf einmal erblickte er Ivica, der ihm zu winken schien. Erst nach kurzer Zeit verstand er, dass er ihm nach draußen folgen sollte.

Vor der Tür zündete sich Ivica eine Zigarre an und raunte Joran zu: „Wir werden bald kämpfen müssen. Bist du bereit, alles für dein Volk zu geben?"

Joran überlegte kurz. Was hatte er schon zu geben? Er besaß ja nichts, und nach diesem Abend ohne Behandlung und damit ohne Lohn schon gleich gar nichts. Darum bejahte er die Frage.

„Du wärst also bereit, dein Leben für dein Vaterland zu geben? Leute wie dich brauchen wir!"

Joran hatte nicht daran gedacht, dass es ja auch sein Leben sein könnte, das zu geben er bereit sein sollte. Ein Gedanke, der ihm nicht behagte. War er denn wirklich dazu bereit zu sterben? Wenn er ehrlich zu sich selbst war, dann musste er zugeben, dass dem nicht so war. Nein, sein Leben wollte er nicht wirklich geben für etwas, das ihm im Grunde doch fremd war. Aber vor Ivica wollte er sich keine Blöße geben. Und außerdem würde ihm in der Gesellschaft all dieser Brüder schon nichts geschehen. Gemeinsam marschierte man, gemeinsam kämpfte man. Und am Ende, wie sollte es denn anders sein, am Ende stand der gemeinsam errungene Sieg. Konnte es denn daran einen Zweifel geben? Nein, niemals!

Daher verzog Joran keine Miene und nickt stattdessen nur.

„Gut, es steht wohl bald ein Manöver an, zu dem man sich freiwillig melden kann. Ich habe es schon getan."

Das stärkende Gefühl der Brüderlichkeit, der Geborgenheit unter Gleichgesinnten, verwandelte sich nach diesen Worten in ein ungemütliches Grübeln über die Konsequenzen dieses Augenblicks. Und beinahe beschlich Joran sogar eine Art Panik, die ihm die Knie weich werden ließ.

„Neben der Polizeistation am Markt hat man eine Meldestation eingerichtet. Da kannst du dich dann morgen melden."

Ivica schien kein Nachsehen mit Joran zu haben. Er war euphorisch ob des herannahenden Krieges.

In dieser Nacht schlief Joran kaum. Ihm gingen Bilder von blutenden und röchelnden Männern durch den Kopf. Sie sahen alle ähnlich aus wie er.

Als er merkte, dass die Sonne hoch am Himmel brannte, stand er auf und kleidete sich an. Die Stadt schien immer noch wie elektrisiert zu sein. Ein konstanter Geräuschpegel, wie er ihn hier noch nie wahrgenommen hatte, drang an seine Ohren. Da waren Schritte auf dem Asphalt zu hören, da waren – ja, tatsächlich – da waren Regentropfen zu hören, Droschken durchfuhren die Straßen, und ein Gemurmel von Männerstimmen schien immer lauter zu werden.

Als er aus dem kleinen Fenster an der Stirnseite seines Zimmers blickte, sah er eine lange Schlange junger Männer, die vor der Tür eines weiß gestrichenen Hauses standen.

„Alle Männer unseres Volkes sollten sich melden. Es ist eine patriotische Pflicht!", rief ein hochgewachsener Mann mit kurzgeschorenem, schwarzen Haar.

Joran fühlte sich sogleich wie ein Feigling. Er wollte nicht in den Krieg ziehen. Warum denn auch? Er wollte mit seiner eigenen Hände Arbeit Geld verdienen und ein schönes Leben haben. Die Besatzer, wie Dina die Truppen aus Österreich-Ungarn nannte, würden schon irgendwann wieder abziehen. Und selbst wenn sie blieben, könnte man gewiss mit ihnen zusammenarbeiten.

Aber sein Volk fühlte sich bedroht, und wenn man einen Krieg brauchte, um sich zu behaupten, dann half es wohl nichts. Mit zittrigen Knien verließ Joran sein Zimmer.

Wie von einer fremden Hand geführt, reihte er sich in die Schlange der wartenden Männer ein. Es ging nur langsam voran, und Joran wurde es von Minute zu Minute mulmiger. Einen kleinen Schritt ging man, dann stand man. Es roch nach Schweiß und nach Wut, die Stimmen klangen euphorisch und das Lachen aufgeregt. Etwas in dieser Ansammlung von Leibern schien zu sieden und zu gären. Die Hitze flimmerte zwischen ihren Beinen, die Sonne brannte ihnen erbarmungslos auf die Köpfe und ließ ihre Vernunft verdampfen und ihre Gefühle überkochen. Kämpfen wollten sie alle und töten und siegen. Ja, wollten sie alle denn auch sterben …?

Schließlich stand Joran in der Eingangstür des weißen, steril wirkenden Hauses. Er konnte sehen, was die fünf oder sechs jungen Männer vor ihm in der Schlange taten. Einer nach dem anderem musste sich in einer kleinen Nische vollständig auszuziehen, wurde dann von einem Mann im weißen Kittel begutachtet. Darauf bekam jeder – so schien es – einen Zettel. Und auf diesem Zettel – so entnahm Joran aus den Gesprächen einiger Umstehender – stand, wo sich die einzelnen Männer als Soldaten einzufinden hatten.

Nur kurze Zeit später war auch Joran gemustert und eingeteilt worden. Nur konnte er die Schrift auf seinem Zettel nicht lesen.

Als er jedoch auf die Straße ins grelle Sonnenlicht trat, winkte ihm bereits ein hochgewachsener Mann in grauer Militärkleidung. „Dein Trupp bleibt in der Stadt", sagte er in harschem Ton. „Ihr übt die Verteidigung von Sarajevo."

Mit einer zackigen Handbewegung deutete der Mann auf einige Männer, die sich weiter unten an der Straße positioniert hatten: „Da ist deine Kompanie. Uniformen gibt es am Abend im Lager."

Joran schlenderte zu der Gruppe, die ihn von weitem misstrauisch beäugten. „Du Hänfling willst unser Volk verteidigen? Dich stellen wir aber ganz nach vorn." Ausgerechnet ein kleiner korpulenter Mann, der Ähnlichkeit mit einem Zwerg aus dem Märchenbuch hatte, schrie Joran diese Worte entgegen.

Ein anderer, groß und kräftig, trat auf ihn zu: „Ich bin Oberst Milovic. Wir marschieren gleich zur Kaserne. Morgen steht der Häuserkampf auf dem Programm."

Oberst Milovic stellte sich einige Schritte vor den kleinen Trupp, nahm Haltung an und sprach mit lauter Stimme: „Soldaten, ich will keinen Krieg. Glaubt mir, das will ich nicht. Aber wenn die Allianz aus Österreich-Ungarn und dem deutschen Kaiserreich meint, dass wir uns gegen unsere Besatzer nicht verteidigen dürfen, dann müssen wir auf alles gefasst sein. Und jetzt vorwärts, Marsch!"

Die Männer setzten sich in Bewegung und trafen etwa eine Stunde später in einer Kaserne am Stadtrand ein.

Die nächsten Tage waren die härtesten für Joran seitdem er sein Heimatdorf verlassen hatte. Und er war sich sicher wie nie zuvor, dass er zwar seinem Volk helfen wollte, dieses aber auch ohne Krieg möglich sein müsse. Aber es nützte ja alles nichts. Er hatte sich gemeldet, hatte sich verpflichtet. Und nun musste er zeigen, was in ihm steckte.

Mit Macheten droschen sie auf Strohsäcke und Katzen ein, mit scharfen Waffen schossen sie auf Holzfiguren, und mit bloßer Gewalt zertrümmerten sie Türen, Fenster, die Knochen von lebenden Tieren und vieles mehr. Sie lernten, sich im Wald zu verstecken und sich von dem zu ernähren, was die Natur ihnen bot.

Als das Manöver am 7. Juli abgeschlossen war, fühlte sich Joran selbst schon fast wie ein Tier. Nicht nur äußerlich war er schmutzig; nein, auch in seinem Inneren hatte sich Schmutz gebildet. In seinen Gedanken, auf seiner Seele. All seine Bedenken, seine Angst, schienen verflogen zu sein.

Aufgewühlt von diesen Tagen des Kampfes und der Kameradschaft, des puren Überlebens, bezog er wieder sein Zimmer. Er wollte so bald wie möglich Doktor Juric aufsuchen, um wieder für ihn arbeiten zu können. Die Julimiete war längst fällig. Doch zunächst wollte er schlafen, einfach nur schlafen …

Erschöpft und ein wenig verwirrt, machte er sich tags darauf auf die Suche. Schließlich fand er den Doktor in seiner Praxis. Seine Stimme klang matt und rau: „Joran, wir haben momentan zu viel zu tun. Die Weiber sind so hysterisch wegen der Politik. Sie wollen lieber ihre Kinder loswerden, als dass diese später einmal einen Soldatentod sterben müssen. Allerdings wird unser Handwerk unter den aktuellen Umständen umso schärfer verfolgt. Wir bleiben darum heute Nacht in meiner Praxis. Hier wird uns niemand vermuten."

Unschlüssig über seine eigenen Gefühle machte sich Joran erst mal auf den Weg zu einem Café am Markt, wo er für sein letztes Geld frühstückte.

Janne hatte sich mittlerweile ganz gut im Waisenhaus eingelebt, und auch Frau Jesse hatte etwas von ihrer Strenge ihr gegenüber abgelegt. Ella war zu einer guten Gesprächspartnerin geworden, der Janne nach dem Abendessen stets ihre Sorgen mitteilen konnte; die Zimmergenossin lebte bereits seit fünf Jahren hier und hatte ihr Schicksal angenommen.

Alles hätte gut sein können, nur die Nächte quälten Janne noch immer. Dann, wenn sie von ihrem Vater träumte, von Jehann, von Jan und ihrer Zeit im Krankenhaus. Oft wachte sie dann weinend auf, und Ella versuchte sie zu trösten, was ihr mit der Zeit auch immer besser gelang.

Doch am Morgen des 8. Juli wollte Ella gar nicht wach werden. Ihr Atem ging schnell und unregelmäßig. Neben ihren Atemzügen machte das Mädchen Geräusche, die kaum von einem Menschen zu sein schienen. Der schnell herbeigerufene Arzt Fabian Müller inspizierte Ellas Augen, untersuchte ihr Herz und überprüfte ihre Reflexe. Insbesondere die Schläfrigkeit der jetzt halb wachen Ella machte ihm Sorgen. Nach eingehender Untersuchung war die Vermutung, dass Ella an einer Gehirnhautentzündung litt, nahezu zur Gewissheit geworden.

Als Doktor Müller gerade von einem Gespräch mit Frau Jesse zurückkam, fasste sich Janne ein Herz und fragte ihn, wie es um Ella stünde.

„Ihr Mädchen habt schon sehr viel mitgemacht und jetzt noch das. Vom medizinischen Standpunkt aus sind unsere Möglichkeiten begrenzt. Es gibt aber Fälle, gerade bei jungen Menschen, die sehr gut verlaufen." Mit diesen Worten strich Doktor Müller mit einer Hand über Jannes Haar.

Trotz der Sorge um Ella und der Sehnsucht nach Jehann fühlte sich Janne in diesem Moment geborgen. Der Arzt und Janne pflegten Ella von diesem Tag an gemeinsam. Sie wuschen und fütterten sie, und Janne sprach mit ihr, auch wenn Ella nichts erwidern konnte.

Nach vier Tagen schien es ihr schon besser zu gehen. Ihr Blick wurde klarer, und sie schaffte es zunehmend, an Gesprächen teilzunehmen. Janne und Doktor Müller, den sie bald nur noch Fabian nannte, trafen sich auch außerhalb der Pflegezeiten immer öfter, auch nachdem Ella wieder so weit genesen war, dass sie das Bett verlassen konnte.

Jehann hatte sich mittlerweile in der Kaserne Wilhelmsburg eingefunden und mit den anderen Rekruten ein gutes Verhältnis aufbauen können. Durch sein sportliches Talent beeindruckte er seine Kameraden. Bereits nach einem Tag hatte er den Spitznamen „Bauernläufer" erhalten. Dass diese scherzhafte Bezeichnung ihren Ursprung wohl im Schachspiel hatte, war Jehann natürlich nicht bekannt. Er war schnell, konnte durch seine Kraft alle Übungen problemlos bewältigen und schleppte notfalls noch die Ausrüstung von schwächeren Kameraden mit sich.

Dass er sich besonders anstrengte, um nicht mehr an Janne denken zu müssen, wusste freilich niemand. Doch es half nichts. Trotz der Erschöpfung am Abend wachte er doch einige Male nachts auf, und seine Gedanken schweiften zu ihr.

Wie gerne hätte er nach ihr geforscht, sie gesucht; wie gerne hätte er sie wieder in seine Arme geschlossen. Doch war an ein Davonstehlen aus der Kaserne nicht zu denken. Oberst Fuchs war ein außerordentlich strenger Vorgesetzter. Obgleich er stets beteuerte, dass er keinen Krieg wolle, konnte Jehann sich doch sehr gut vorstellen, wie er im Kugelhagel die Truppen befehligte und um niemanden trauerte.

Jehann verausgabte sich täglich – so wie seine Kameraden auch. Mittlerweile sprach niemand mehr davon, dass all diese Plackerei bloß einem Manöver diente. Unter den Rekruten machte schon bald das Wort von der Kriegsvorbereitung die Runde.

Der Ernst der Lage wurde Jehann aber erst so richtig bewusst, als sein Kamerad Henning bei einer Übung von einem Baum fiel und sich das Genick brach. Zum großen Erstaunen von Oberst Fuchs war er jedoch nicht gleich tot. Erst ein Schuss aus der Waffe von Jehann konnte ihn schließlich erlösen. Jehann konnte diesen Schuss nicht selbst abgeben Ein anderer Kamerad musste es unter wüsten Beschimpfungen des Oberst für ihn tun.

In der darauffolgenden Nacht kam auch der schwarz gewandete Mann mit dem grauen Stein um den Hals wieder zu Jehann. Seit Hanna ihm damals von diesem Mann erzählt hatte, träumte er selbst auch immer wieder von ihm. Fast schien es, dass die Unruhe in ihm mit zunehmender Sommerwärme immer weiter anwuchs. Und ebenso schien es seinen Kameraden und dem Kommandanten zu gehen.

Nach zwei Wochen wurde das Manöver schließlich am 19. Juli beendet. Alle Rekruten wurden verpflichtet, sich zur Verfügung zu halten. Man hatte sich jede Woche bei der nächstgelegenen Kaserne zu melden. Tat man es nicht, würde man als Deserteur behandelt und standrechtlich erschossen.

Als Jehann nach seiner Adresse gefragt wurde, stockte er. Wo wohnte er eigentlich? Die Kameraden hatten ihm Halt gegeben. Jetzt stand er verloren da – ohne Janne, ohne Bleibe. So gab er die Adresse des Krankenhauses an, aus welchem man ihn abgeführt hatte. Und tatsächlich wollte er auch dort hingehen.

Ob er da eine Unterkunft, und noch viel wichtiger, Janne wiederfinden würde, konnte er nur hoffen.

Am Morgen des 25. Juli stand er endlich wieder vor dem Zimmer, aus dem sie ihn vor nun fast einem Monat geholt hatten. Schwester Margarete saß auf dem Flur und wusch Tücher. Als sie Jehann erblickte, erschrak sie. „Ich hol' die Polizei. Du wirst mir nichts tun!"

Jehann legte ihr beruhigend eine Hand auf den Rücken. „Ich suche nur Janne. Ist sie noch hier?"

Nach einem Moment setzte er hinzu: „Man hat mich freigelassen. Ich bin unschuldig"

Doch auch diese Worte vermochten Schwester Margarete nicht zu beruhigen. Blass im Gesicht stammelte sie Worte wie „Krieg" und „Tod".

Jetzt reichte es Jehann: „Wo ist Janne?"

Zu Schwester Margaretes großer Erleichterung kam in diesem Augenblick Doktor Krüger mit großen Schritten näher. Als er Jehann erreicht hatte, sagte er mit leiser, fester Stimme: „Ich weiß, sie brauchen jetzt jeden Mann. Ich habe keine Ahnung, was du angestellt hast. Aber Janne ist im Waisenhaus in Sicherheit."

Jetzt kannte Jehann kein Halten mehr. Er rannte los und fragte sich bei einem Pfleger am Eingang des Krankenhauses nach dem nächstgelegenen Waisenhaus durch.

Die Entfernung zu dem fast wie ein Gefängnis wirkenden Gebäude hatte Jehann schnell zurückgelegt. Nach der Zeit beim Militär fühlte er sich schneller und stärker als je zuvor. Mit fast zu großem Schwung öffnete er die Tür des Heimes, und sein Blick fiel sofort auf Janne.

Erleichtert und überglücklich lief er auf sie zu. Beim Näherkommen bemerkte er, dass sie ihn zwar sah, sich jedoch nicht regte. Ihr Lächeln flackerte nur kurz auf und gefror sogleich.

Jehann verlangsamte seinen Schritt, er war irritiert. Sein Blick fiel auf einen etwa 30 Jahre alten, kräftigen Mann in weißer Ärztekleidung.

„He, was ist los?", sprach Jehann Janne an, als er endlich vor ihr zum Stehen kam.

„Du lebst …"

Endlich zeigte sich doch langsam ein Ausdruck der Erleichterung und Freude auf ihrem Gesicht. „Du bist frei. Daran konnte ich schon gar nicht mehr glauben."

Jehann bemerkte, wie sich das Gesicht des jungen Arztes verzog.

„Vielleicht muss ich noch zum Militär, aber zumindest muss ich nicht mehr ins Gefängnis", strahlte er Janne an.

Sie jedoch blieb seltsam zurückhaltend. „Zum Militär? Dann werde ich dich auch nicht wiedersehen."

Tief im Innern wusste Jehann, dass sie Recht hatte. Doch wünschte er sich mehr als alles andere, jetzt mit ihr nach Dithmarschen zurückkehren zu können. Natürlich würde er seinen Militärdienst ableisten und vielleicht sogar in den Krieg ziehen müssen. Und doch glühte die Hoffnung in ihm, dass Janne ihn nach seiner Rückkehr empfangen und sie gemeinsam mit Hermann Alster auf dem Hof leben und arbeiten würden.

Dass Jannes Vorstellungen mittlerweile andere waren, wusste er zu diesem Zeitpunkt nicht.

„Mein Liebling, möchtest du mir deinen Bekannten nicht vorstellen?" Der Arzt musterte Jehann, während er Janne im Arm hielt.

„Das ist Jehann. Ich habe dir doch von ihm erzählt. Aber ich habe nicht damit gerechnet, ihn wiederzusehen."

Jehann verstand nichts. „Liebling", „Bekannter" – was war hier los? Hatte Janne sich etwa in diesen Arzt verliebt und ihn vergessen? Vergessen nach all dem, was sie gemeinsam durchgemacht hatten?

Janne verkrampfte sich merklich. „Ich wusste ja nicht, dass du wiederkommst", platzte es plötzlich aus ihr hervor.

So stark und unbesiegbar sich Jehann gerade noch gefühlt hatte, so schwach und zurückgestoßen kam er sich jetzt vor. Er wollte sich abwenden und einfach gehen. Aber er schaffte es nicht. Seine Beine schienen zu Stein geworden, seine Gefühle wie von einer Eisschicht überzogen zu sein. Die Gedanken, die ihm die ganze Zeit Hoffnung gegeben hatten, waren mit einem Mal nichts mehr wert.

Endlich löste sich seine Starre. Er schluckte trocken, hörte, wie das Blut dröhnend in seinen Ohren rauschte und seine Wangen glühten. Er wandte sich ab und schlich wie ein geprügelter Hund davon.

Als Janne seinen Gemütszustand bemerkte, versuchte sie, ihn aufzuhalten. Vergeblich.

Wie recht Hermann Alster doch vor so langer Zeit gehabt hatte. Sie würde sich mit jedem einlassen. Das sagte er damals, und so falsch viele Gerüchte auch waren, so richtig waren die Behauptungen am Ende doch.

Es dämmerte bereits, und Jehann wusste nicht wohin. Kurzerhand versteckte er sich daher in der Nähe des Gebäudes in einem Kellerschacht.

Nachts schlich er unruhig ums Haus und war mehr als einmal versucht, ins Heim einzudringen. Als der Morgen dämmerte, fühlte sich Jehann wie ein Korken auf dem Wasser. Haltlos, hin und her getrieben, einer, mit dem jeder nach Belieben umgehen konnte. Ein Fremdkörper in dieser Welt, die nicht die seine war.

Die Sonne stand schon senkrecht am Himmel, als Jehann den Mann im weißen Kittel aus der Tür treten sah. Innerlich wusste er, wie leicht er sich das Problem mit diesem Kerl vom Hals schaffen konnte. Gleichzeitig war ihm aber auch bewusst, wie sehr er Janne damit treffen würde.

Dieser Gedanke war gerade gedacht, da sah er sie. Ihr Gesicht war von Tränen genässt, sie lief auf den Arzt zu, nahm ihn in den Arm und schien ihn zu verabschieden. Er aber wandte sich von ihr ab, das Gesicht wie versteinert. Mit eiligen Schritten ging er und ließ Janne einfach stehen.

Jehann zögerte zuerst, dann aber gab er sich einen Ruck und trat auf Janne zu.

„Er … er geht als Stabsarzt zum Militär", stammelte Janne mit tränenerstickter Stimme.

Jehann traute seinen Gefühlen noch nicht richtig. Gleichwohl schöpfte er Hoffnung, sie doch wieder für sich gewinnen zu können.

Mit leiser Stimme und Mitleid erregendem Tonfall flüsterte sie: „Darf ich wieder bei dir sein? Kannst du mir noch einmal verzeihen?"

Jehann fiel ein Stein vom Herzen. Seit er Janne mit dem Arzt gesehen hatte, hatte er gehofft, diese Worte von ihr zu hören. Auch ihm stiegen Tränen in die Augen, und Janne verstand seinen

Gesichtsausdruck richtig. Erleichtert sanken sich beide in die Arme.

Es würde nicht leicht sein, sich von den lieb gewonnenen Freunden und selbst von Frau Jesse zu verabschieden. Dennoch stand der Entschluss für Janne fest. Sie würden wieder nach Dithmarschen gehen und hoffentlich einer weiterhin friedlichen Zeit entgegensehen.

Noch am selben Tag teilte Janne Frau Jesse und Ella mit, dass sie Abschied nehmen müsse. Jehann pflichtete ihr bei und erklärte, dass sie bei seinem Vater unterkommen könnten.

Frau Jesse zögerte, weil sie fest mit einem Kriegsausbruch und Jehanns Einziehung für den Kriegsdienst rechnete. Doch als sie in die hoffnungsfrohen Gesichter der jungen Leute blickte, stimmte sie der Entlassung Jannes schweren Herzens zu.

So machten sich Jehann und Janne am Nachmittag des 20. Juli auf den Weg nach Dithmarschen. Von der Polizei hatte Jehann nach dem Prozess, der nicht stattgefunden hatte, ein Schreiben erhalten, welches seine Unschuld beteuerte. Er hoffte, dass dieses auch in Dithmarschen Gültigkeit besaß, weil man in Hamburg vom Tod Hans Meiers schließlich nichts wusste. Die Freude auf sein Zuhause und seinen Ziehvater überwogen aber schließlich alle anderen Gefühle. Um vier Uhr nachmittags saßen sie beide endlich wieder in einem Zug, der sie nach Dithmarschen bringen sollte. Allerdings wieder ohne Fahrkarten. Doch war der Wagon so voller Arbeiter, dass kein Schaffner zu ihrem Platz vordringen konnte. Am Horizont zeichnete sich die Silhouette der Schiffe auf dem Kaiser-Wilhelm-Kanal ab. Jehann und Janne lagen sich in dem vollen und engen Zugwaggon erschöpft, aber glücklich in den Armen.

Epilog

15. Oktober 2017

Die Tür der kleinen Kammer wurde aufgerissen und eine etwa 35-jährige Frau mit langen, blonden, vom Wind zerzausten Haaren stürmte ins Zimmer: „Oma, Oma, ich habe es nicht früher geschafft."

In der Kammer herrschte vollkommene Stille. Einzig eine große Wanduhr tickte unbeirrt vor sich hin.

„Oma, sag doch was!"

Sie trat ans Bett. Dort lag die alte Frau und rührte sich nicht. Erst jetzt fiel Freya der starke Fäkaliengeruch in der Kammer auf. Wie es schien, hatte es ihre Oma lange nicht mehr zur Toilette geschafft.

Sie hatte sich darauf verlassen, dass der Pflegedienst sie informierte, wenn irgendetwas vorfallen sollte; das war nicht geschehen. Es war eine Nachbarin, die Freya von früher kannte und die sie immer Tante Liese genannt hatte, welche ihre Oma lange nicht mehr am Fenster oder draußen im Garten antraf. Daraufhin hatte sie Freya in Hamburg angerufen. Freyas Eltern waren bei „Ärzte ohne Grenzen" und flogen ohne Unterbrechung in die ärmsten Gegenden der Welt. Da war Freya, die als Bankkauffrau in Hamburg arbeitete, schneller greifbar.

Reglos stand sie nun am Bett ihrer Großmutter. Ihre Augen nahmen alles um sich herum wahr, und langsam, aber sicher, verarbeitete ihr Verstand die Wahrheit: Ihre Oma war nicht mehr am Leben! Diese Erkenntnis lähmte sie für einen Moment. Ihre Nase schien sich an den Geruch gewöhnt zu haben – oder nahm sie ihn einfach nicht mehr wahr?

Freya versuchte ruhig zu bleiben und die Situation zu analysieren. Sie überlegte, ob in ihr Gefühle der Trauer oder des Schrecks vorherrschten. In Wirklichkeit hatte sie schon mit so etwas gerechnet, als sie den Anruf Tante Lieses von nebenan entgegen nahm. Sie wusste nicht, wie lange ihre Oma hier schon so lag, aber dem Geruch nach zu urteilen, musste es schon einige Zeit sein.

Heute Morgen hatte die Nachbarin angerufen, und Freya war gleich nach Feierabend losgefahren. Das Wochenende stand vor der Tür, und in der Bank war es unproblematisch, an diesem Tag früher zu gehen. Doch der Verkehr hatte sie aufgehalten, sodass sie fast zweieinhalb Stunden für die Fahrt gebraucht hatte.

Oma sah friedlich aus. Wie alt war sie jetzt? 98 musste sie sein. Das war ein Alter, das sich Freya mit ihren 35 Jahren kaum vorstellen konnte – ihre Oma war fast drei Mal so alt wie sie!

Früher war Freya oft bei ihr gewesen, wenn ihre Eltern mal wieder durch die Weltgeschichte flogen. Oma konnte unheimlich gut kochen! Und singen! Doch über ihre Vergangenheit sprach sie nie. Freya wusste von ihren Eltern, dass sie schon immer auf diesem Hof gelebt hatte. Aber auch ihnen hatte die alte Dame nie wirklich viel aus der Vergangenheit berichtet. Nun würde sie ihre Geheimnisse mit ins Grab nehmen …

Zunächst öffnete Freya die Fenster, um zu lüften. Dann verließ sie Omas Schlafzimmer und ging in die kleine Küche, wo der Gestank nicht so stark wahrzunehmen war. Doch auch hier riss sie die Fenster auf, die alten Scheiben mit den gehäkelten Gardinen davor. Dann überlegte sie, was jetzt zu tun war. Sie musste den Bestatter anrufen. Wer war das doch gleich? Sie musste mit ihm die Beerdigung regeln und mit dem Pastor sprechen.

Mit Hilfe ihres Handys suchte sie nach dem nächsten Bestattungsdienst in der Gegend. Sie hatte kaum Empfang, daher dauerte es quälend lange, bis sich das Internetprogramm öffnete. Es half nichts, Freya musste raus auf den Hof gehen. Hier drinnen würde sie nichts erreichen.

Als sie sich zur Tür wandte, stieß sie mit dem Fuß gegen etwas. Was war das? Es sah aus wie ein alter Schuhkarton. Sie steckte ihr Handy zurück in die Tasche und besah sich die Kiste. Der Deckel war verrutscht. Freya sah alte Papiere, Briefe vielleicht. Vorsichtig nahm sie einen heraus. Die Schrift war kaum zu lesen. Das Licht war schlecht, und die Buchstaben waren sehr krakelig geschrieben.

Mit dem Brief in der Hand verließ sie das Haus. Auf dem Hofplatz atmete sie erst mal tief durch, dann nahm sie wieder ihr Telefon. Hier draußen hatte sie einen besseren Empfang; schnell hatte sie das Bestattungsunternehmen ausfindig gemacht und vereinbart, dass ihre Großmutter noch heute abgeholt wurde. Herr Gantrum – so der Name des Bestatters – würde sich um alles Weitere kümmern.

Ihre Schritte klangen auf dem von Regen durchweichten Hofplatz wie „quirtsch, tock; quirtsch, tock".

Freya musste lächeln, ihr war dieses Geräusch aus ihrer Kindheit nur allzu vertraut, damals, als sie mit ihren Freunden auch bei Regen auf dem Hof spielte. Sie verlor sich fast in ihren Erinnerungen.

Zum Glück war Freitag, sodass Freya keinen Zeitdruck hatte und nicht am nächsten Tag wieder zur Arbeit musste. Sie warf wieder einen Blick auf den Brief. Jetzt, im Licht, konnte sie die Worte entziffern.

„Mein liebes Kind.

Du weißt, dass Dein Vater und ich immer für Dich gekämpft haben. Dein Vater war nicht immer gerecht zu dir. Dass er Dich nicht haben wollte, stimmt aber nicht! Ich hatte bereits ein Kind von ihm empfangen, doch dieses habe ich schon zu Beginn der Schwangerschaft verloren. Da warst Du unser großes Glück! Dass er so roh und unwirsch ist, kann ich Dir erklären. Er versucht eben mit allen Mitteln, uns zu beschützen und – Gott weiß, wovon ich spreche – das ist in diesen Tagen notwendiger als je zuvor. Der Krieg wird hoffentlich bald enden. Bis dahin sind wir alle noch in Gefahr. Darum komme doch wieder heim. Wir vermissen Dich.

Deine Mutter."

Wie alt mochte dieser Brief wohl sein? Und in welchem Zusammenhang stand er? Er schien von ihrer Urgroßmutter Janne an ihre Oma geschrieben worden zu sein. Wie war das Verhältnis zwischen ihrer Großmutter und deren Mutter gewesen? „Er versucht eben mit allen Mitteln, uns zu beschützen ..."

Wovor mussten sie beschützt werden? Vermutlich waren damit Situationen im Krieg gemeint. Sie wusste nur, dass ihr Urgroßvater im Ersten Weltkrieg gekämpft hatte. Soweit sie sich an die Erzählungen erinnerte, war er schwer verletzt wiedergekommen. Ihre Oma konnte sie nun nicht mehr fragen.

Sie faltete den Brief sorgfältig zusammen und ging zurück ins Haus. Sie trat wieder in die Kammer ihrer Oma, schloss ihr die Augen und sprach ein leises Gebet. Wie sollte sie ihre Eltern informieren? Sie würde bei der deutschen Zentrale von „Ärzte ohne Grenzen" anrufen und hoffen, dass sie zumindest ihren Vater erreichte. Es war schließlich seine Mutter, die jetzt vor ihr lag.

Eine Nachricht per Handy hatte vermutlich keinen Sinn, wenn sich ihre Eltern jetzt im Busch des hintersten Afrikas befanden. Trotzdem wollte sie es versuchen.

„Hallo Paps, Tante Liese hat mich heute angerufen, weil sie Oma lange nicht mehr draußen gesehen hatte. Ich bin hingefahren. Oma ist leider gestorben. Ich habe alles veranlasst. Versuche doch bitte herzukommen. LGF"

Erleichtert stellte sie fest, dass die Nachricht trotz des schlechten Empfangs gesendet wurde.

Ihr Vater hatte nie eine enge Bindung zu seiner Mutter gehabt. Er war eher ein Freigeist und hatte nicht schnell genug von zu Hause weggehen können. Dennoch hoffte Freya inständig, dass er kommen würde. Sie selbst hatte ein sehr gutes Verhältnis zu ihrer Großmutter gehabt.

Als sie gedankenverloren ihren Blick schweifen ließ, fiel ihr ein Foto auf, das ohne Rahmen flach auf dem Nachttisch neben dem Leichnam ihrer Oma lag. Mit spitzen Fingern hob sie es hoch. Es war eine Schwarz-Weiß-Fotografie, drei Personen waren abgebildet. Die Frau darauf hätte ihre Oma als junges Mädchen sein können. Aber die Männer kannte Freya nicht. Eine seltsame Fotografie. Was hielt der eine Mann da in der Hand? Sie konnte es schlecht erkennen, weil er den Gegenstand sehr nahe an das Mädchen hielt. War es ein Halbmond? Es sah aus wie ein Halbmond mit Griff. Das Mädchen hatte den Mund weit aufgerissen und die Augen angstvoll verdreht.

„Hallo, junge Frau."

Freya stieß einen spitzen Schrei aus und drehte sich erschrocken um.

Vor ihr stand jetzt ein wohl zwei Meter großer, breitschultriger Mann in einem schwarzen Anzug: „Gantrum mein Name. Ich bin der Bestatter. Es tut mir leid, dass ich Sie erschreckt habe. Mein herzlichstes Beileid."

Erleichtert, verwirrt und irgendwie traurig streckte Freya ihm die Hand entgegen.

„Es soll eine herkömmliche Beerdigung sein, kein Verbrennen, kein großer Aufriss", gab Freya die Einschätzung der Wünsche ihrer Oma wieder.

„Ein Eichensarg?"

Freya überlegte.

„Ich kannte Ihre Oma schon lange. Sie hat mir vor einiger Zeit schon Geld gegeben, damit alles in ihrem Sinne vollzogen werden kann."

Freya atmete auf. Darum brauchte sie sich also nicht mehr zu kümmern.

„Wenn Sie noch in Ruhe Abschied nehmen möchten, liegt Ihre Oma bis zur Beerdigung oben im Dorf in der Kapelle. Schade, dass mit ihr jetzt so viele Geheimnisse verlorengehen."

Freya schluckte, sagte aber nichts.

Der Bestatter rief seinen Gehilfen von draußen herein. Gemeinsam legten sie den Körper der alten Frau auf eine Bare und brachten ihn in den im Hof stehenden Leichenwagen.

Mit Tränen in den Augen schlich Freya nun doch hinter den beiden Männern her: „Danke, dass Sie sich um alles kümmern", flüsterte sie Herrn Gantrum mit rauer Stimme zu.

„Sehr gern! Falls Sie Fragen haben, erreichen Sie mich hier." Herr Gantrum drückte Freya eine Karte in die Hand. „Alles Gute und Gottes Segen." Mit diesen Worten verabschiedete sich der Bestatter, und im gemessenen Tempo fuhr das Auto mit der alten Frau vom Hof.

„Mit ihr sind viele Geheimnisse verloren gegangen ..." Freya würde ihn sicher noch einmal anrufen, um ihn nach der Bedeutung dieser Worte zu fragen. Sie schätzte den Mann auf etwa sechzig Jahre. Wie lange kannte er ihre Oma?

Nachwort

Ich möchte allen Leserinnen und Lesern dieses Buches danken. Als Autor hofft man natürlich, dass der Unterhaltungsfaktor hoch war und man sich mit den handelnden Personen identifizieren konnte. Eine Geschichte soll aber auch immer ein bisschen zum Nachdenken anregen. Ich hoffe, auch das ist gelungen. Eine Handlung wirkt immer ganz anders, wenn man sich in ihren Bann ziehen lässt und versucht, sich in die Gedankenwelt der Mitwirkenden hineinzufühlen. Das, so ist mein Wunsch, konnte dieses erste Buch meiner Reihe der An-der-Schwelle-Romane bei Ihnen bewirken.

Als Sohn eines Dithmarscher Bauern habe ich im Laufe meines Lebens schon viele Geschichten aus längst vergangenen Tagen gehört. Ich habe mich immer gefragt, wie es wohl früher zugegangen ist und wie man sich selbst in alten Zeiten gefühlt hätte. In diesem Buch habe ich damit begonnen zu versuchen, diese alten Geschichten zu bündeln und verständlich zu machen. Die Sprache ist entsprechend an die früheren Jahre angepasst und stellt keine aktuelle Diskriminierung dar.

Dieses Buch soll auch eine Liebeserklärung an meine norddeutsche und speziell an meine

Dithmarscher Heimat sein. Die Dithmarscher sind zwar ein die Freiheit liebendes Völkchen. Doch haben sie genau wie alle anderen Menschengruppen so ihre Eigenheiten. Dennoch sind wir alle eben Menschen, die friedlich und gut miteinander auskommen wollen. Ich hoffe, dass ich diese Botschaft in diesem historischen Zusammenhang begreiflich machen konnte. Die meisten Personen, die ich auf den vorangegangenen Seiten zum Leben erweckt habe, hat es so wahrscheinlich nie gegeben. Sicher kann man sich aber nicht sein. Es hätte sich alles genau so abspielen können. Die ferne Vergangenheit ist eben nur gefühlsmäßig zu erforschen, gestalten können und müssen wir nur Gegenwart und Zukunft. Dabei können wir jedoch aus der Vergangenheit lernen!

Zeitfracht Medien GmbH
Ferdinand-Jühlke-Straße 7
99095 Erfurt, Deutschland
produktsicherheit@kolibri360.de